两座城市的心跳

小堂 著

图书在版编目（CIP）数据

两座城市的心跳/小堂著. -北京：中国戏剧出版社，2005.9

ISBN 7-104-02248-1

Ⅰ两. . . Ⅱ.小. . . Ⅲ. 长篇小说-中国-当代 Ⅳ.I247.5

中国版本图书馆CIP数据核字(2005)第112710号

两座城市的心跳

责任编辑: 王媛媛 萧楠
出版发行: 中国戏剧出版社
社　　址: 北京市海淀区紫竹院路116号嘉豪国际中心A座10层
邮政编码: 100089
经　　销: 各地新华书店
印　　刷: 北京燕泰美术制版印刷有限责任公司
开　　本: 889×1230毫米 1/32
印　　张: 6
字　　数: 120千字
版　　次: 2005年10月北京第1版第1次印刷
书　　号: ISBN 7-104-02248-1
定　　价: 20.00元

目录

引子

有一个美丽的女孩叫叶子
我知道在她的心里面有一个角落
那里停放着善良的故事和动人的传说
在她透明的眼睛里面　有一片湖泊
那里沉浸着喜悦的伤感和忧郁的欢乐
它的水面上没有涟漪　也没有颜色
相见却无从睁眼　心中漆黑一片
朦朦胧胧看过你一眼　在一个美好的梦中
从此不再合眼
朦朦胧胧再看你一眼
清清楚楚刻在我心田　痛却不曾多言
我明白已经爱上了你
叶子长长的睫毛　闪烁着不尽的猜测
叶子问
爱情是什么颜色的　如果忧郁是蓝色的
快乐是什么颜色的　如果寂寞是灰色的
天空是什么颜色的　如果汪洋是蓝色的
我说天空也是蓝色的　因为他们彼此相爱了

一、走在这座城市的人群中

我向来认为宿命是解释一段爱情最朦胧，最具诗意的概念，就如我和叶子以及苏湉之间的相识，相爱到刻骨铭心的结局，都离不开宿命，那是一种很原始很古老的宿命，但它却焕发着不可抗拒的生命力。

其实，我不应该拥有爱情，可我仍然义无反顾地追求着，因此到最后只让一个又一个美丽善良的女孩在我生命中出现又消失，乃至更为悲惨的结局。

所有的这一切注定我必将一无所有。

晚上九点我就要离开上海——记载了我奢靡青春的城市。我不清楚以后该怎么走，但我必须离开，离开这座不再留有依恋的城市，我别无选择。我无路可走。

走在这城市的人群中，我渴望能够想起些什么，可曾几何时，只要一回忆，我的心就有被针扎的刺痛，这种心病像久违的朋友，纠缠着我，让我日渐憔悴、苍老，但我不能忘记过去，忘记那些人那些事。

其实，我的记忆很单调、纯粹，然而它好似一把把利剑刺在心窝，让我无能为力。

吃完早点，整理好行李后，我准备最后温习一遍上海那些充满了回忆的地方。

我坐在熟悉的公车上，幻想再一次碰到叶子，就像几个月前，牵着她的手扶她上车。我更渴望再一次感受那种心到了嗓子眼的刻骨铭心，可是一切都不再了。

坐在地铁上，任由它载着自己来回不停地穿梭在这座城市的地底下，毫无目的。在我感觉完毕这种刺激的速度准备出站时，看到一对母子，那个孩子四五岁，调皮地抱着母亲的腿。我看他的那一刻，孩子正把小手伸进嘴巴，睁大眼睛望着我，像是嘲笑我很狼狈，让我无地自容。

我忽然意识到，我和叶子，那个我心爱的女孩，我一直寻找的女孩子，我们曾经在这里擦肩而过。而如今我再也看不到她了，她彻底离我而去了。

中午我又欣赏了上海老街的那些冷艳建筑，可有些“石库门”已经变成了柔情似水的酒吧，想想确实很久没来这边了。

我看到一群孩子在踢足球，一不小心踢进了庭院，畏畏缩缩的想进去拿却不敢，突然，听到一个老人的声音，小家伙们立刻怕得四处逃窜了。

我想到了苏湉，很多时日之前，我们并肩坐在教堂前，听着风琴师弹奏优美动听的赞美诗，当时一种新的境界取代了我心中的空虚，一直到夕阳染红了天边，我们才离开。后来我们徜徉在这条小巷中，也看到一群孩子把球踢进庭院然后慌张地跑开。那时候，苏湉笑得很开心。

而今呢？她不在了。

有个美丽善良的女孩叫叶子，我知道在她的心里面有一个角落，那里停放着善良的故事和动人的传说。在她透明的眼睛里面，有一片湖泊，那里沉浸着喜悦的伤感和忧郁的欢乐，它的水面上没有涟漪，也没有颜色。叶子长长的睫毛，闪烁着不尽的猜测。

叶子住在遥远的北方城市——满洲里，她说喜欢一望无际的草原。

我们用信件交流着，直到有一天叶子问我天空是什么颜色的，如果海洋是蓝色的？我说天空也是蓝色的，因为我们彼此相爱了，我们爱对方胜过了自己，乃至生命。

她答应来到我身边，可我在火车站等到凌晨，她始终没有出现，她选择了离我而去。后来好多次，她就近在咫尺，我仿佛感觉到叶子的心跳，然而我们还是一次次错过了。

虽然我们只见过几次面，相处的时间不到几个小时，但是我还清楚地记得，叶子的笑容像一朵争艳的鲜花，美丽妩媚。

叶子，你知道吗？昨晚我又一次梦到你。我曾经有无数个梦，每个梦中都有你，每个梦中都想拥有你。

可当我惊醒时，才发觉空荡荡的房间里连你的影子都没有，只有快停滞的空气。其实，这已不是第一次了，每当此时，我根本不敢睁眼。寂静的夜和自己的心跳让我好怕，怕一睁眼你就不再出现在我的脑海了。

不可否认，苏湉——这个活泼开朗的女孩，在我的生命中也是不可忽视的部分，然而我总是自欺欺人，用自己的方式伤害一颗纯洁的心。

一次次我被寂寞压迫得心力交瘁时，苏湉一直在我身边，他总能给我带来感动与畅然，让我就像躺在蓝蓝的大海温床。

曾经，我一次次尝试着，希望能走进她的心灵深处，但当我想去好好爱她时，一切都太迟了。

我不明白苏湉为什么选择悄悄地离开，走向那个美丽的新世界，留下我一个人，这是对我的惩罚吗？

到底是我错了，还是这个世界错了？

我无法想象我们苦心经营的感情会在一个风儿直来直去的午后化为乌有，这是我无法想象的。至今，我还是经常会在梦中梦到苏湉站在礁石上，眼前是辽阔的天空和大海，然后她闭上双眼，投入了大海的怀抱，再也没出现过。

苏湉，你可以告诉我你所有的决定，你心中所有想的，我可以为了你的幸福毫无怨言的退让，但就是无法接受现状的残酷。

苏湉，当我想着你的时候，我觉得脑海里就如汪洋澎湃的海洋，而你也就是这片海洋的一切。我伸手想牵住你的手，感受你的体温，然而还来不及握紧，你就在不经意之间飘走了，好快好快。

我想我是一座小小的岛屿躺在你温暖的怀抱中，因为只有这样我才能够不会失去你的呵护。

可是苏湉，还记得我们在海边的情形吗？

刹那间，很多关于过去的画面像一个个精彩的电影镜头出现在我的眼前。

其实，我注定不能从这段往事中挣脱出来，注定孑然一身。这些年来，我一直活在抉择中，很累很累，我不想去回忆却无法不忆起。当这些往事一次次闪现在脑海中时，我的心跳随之加剧，隐隐作痛，像千百万只蚂蚁在伤口上爬，又好像被丝绳捆着。

二、爱情是什么颜色的

傍晚时分，我来到火车站附近，天空忽然飘起了小雨。

我是喜欢飘着雨丝的城市的，独自一人背着包行走在街头，雨丝渐渐湿润我的发丝，下垂的头发遮住了我的眼睛，前面的一切显得模糊，然后城市慢慢被暮色笼罩，疲惫袭击我脆弱的身子，孤寂包裹着我，让我想到那些已经远离我的人，永远或是暂时。

细雨朦胧，我无意识的走着，渐渐又陷入了我的回忆中。

“爱情是什么颜色的？”

很久以来，这个问题一直纠缠着我，让我徘徊迷茫。认识叶子和苏湉之前有个女孩帮我诠释过，她叫穗子，但谁也没有想到，那只是短暂得如划过天际的流星，稍纵即逝。

穗子是留学中国的日本女孩，我的初恋女友，我们共同度过了绚烂的青春时光。我们戏剧性的偶遇，白桦林下相拥取暖，雪地里看彩虹，海边的海誓山盟，中途误会导致分手，然后跌跌撞撞，坎坎坷坷，最终走到一起，令我想不到的是，当我们再一次相遇的那一天，竟成了永别。

我还很清晰地记得那天，也是在火车站前，穗子的白色裙子在风中飞扬，好美。她的笑容像烟花般灿烂，眼中噙着幸福的泪光，我坐在轮椅上，望着她的身影像熟悉的乐章愈来愈近。

爱情的力量让我站了起来，然后又瘫软了，穗子就在不远处向我飘来。最后，我们拥抱在一起，就像一年多以前那样。她轻声说让彼此的心靠得更近一些，让她能够感受到我的心跳，我向她承诺再不分开，然而她却在我的怀抱中永远地睡着了。

白色的病房，白色的衣裙。她就那么安详地睡在我的怀抱里，无声无息。

医生告诉我，她是过于激动导致先天性心脏病复发。

从此我的世界一片漆黑，我也不再明白爱情到底是什么颜色了。

穗子死后，我的生活过得狼狈不堪，很多时候，我总告诉自己确实应该振作起来好好生活了，可每次当我想到我们的那些美好时光如电影般在我脑海中播放，我的心碎得像玻璃，于是急需找到慰藉，或者出去散散心。

也就是在这种状态下，叶子和苏湉进入了我的生活。

自从认识她们之后，我又开始在爱情的色调中旋转。

她们让我看清楚爱情的颜色，但又在它的色调中迷失。

忽然，交管员尖锐的哨声惊醒了我，我才意识到自己正在往马路中央走去。一辆辆车子就在我面前疾驰而过，溅起的泥水洒在自己身上，四周的路人纷纷侧目以对。

我只感到狼狈不堪，仿佛整个世界都在嘲笑着我，而我却无力还击。

我忽然想到了苏湉，想到了我们的第一次相遇。

也许我的悲剧就是缘于那次上天玩笑似的安排。

认识苏湉也是这样一个周末的雨天，穗子死后八个月，我情绪依旧低落，在家闷得很，于是出去散散心，不知不觉就走到了那片我和穗子最后拥抱的土地。

我漫无目的地走在街头，雨打在我的身上，让我感觉一阵冷意传遍了身体每个细胞。

我像一个迷路的小孩,在这片陌生的土地上,寻找着遗弃我的人。

这时，一阵急刹车的刺耳声猛地把我从回忆中拉到了现实，只见一辆白色宝马轿车就停在离我不到两米的地方。

原来自己不知不觉地竟走到了马路中央。

“你找死啊！怎么走路的！”缓了一口气，司机才伸出头来厉声呵斥。

“对不起，对不起。”我连声道歉。司机也没再说什么，升上玻璃窗，车子缓缓启动。

于是我低下头等待车子先离开。可车子开到我身前却忽然停住，一个女孩降下车窗，“喂……”的一声叫住了我——这声音是那么熟悉，像是从天籁传到我的心田，心头猛得一怔。我抬头看去，心里猛的一震。她给我一种很熟悉的感觉，仿佛这个人已在我身边呆了几个世纪，可一下子又想不起来。

我没有心情仔细思索，不愿再搭理而绕过车身离去。

“喂，雨太大了，上车送你一程吧。”女孩还在叫我，我并未理睬地继续往前走去。

恍然间，我莫名地开始去想刚才那种似曾相识的感觉到底源自何处，突然，脑子像是被什么东西刺激了一下似的让我顿住了脚步。

“穗子！”我大声叫了出来，我想起来了，是穗子，那种感觉是穗子给我的！

我猛地回头，拼了命地朝着车子驶去的方向一路狂追，但一切只是徒劳，我眼睁睁地看着它消失在我的视野。我气喘嘘嘘地屈身站在雨中，额前的长发遮住了我的眼睛。我恨！我恨自己为什么一开始没有发觉！

也许爱情与缘分就是在这样不经意的错过中显得珍贵。

可是，她是谁？她真的是穗子吗？这是我的幻觉吗？还是上天和我开的又一个玩笑？

那天回到家后，我把这件事告诉了同屋的迪苇，他愣了愣，然后笑着说这是不可能的——穗子已经死了。是的，连我自己都不敢相信她就是穗子。

当我躺在床上时，脑中突然闪过一个念头——我渴望能够再一次遇上这个能带给我穗子的感觉的女孩。

可是，我又想到迪苇的话，也许我真的应该振作起来，忘记过去。

迪苇是我的好哥们，大学报到处的不打不相识，后来发觉是同寝好友；起初的性格不合于是勾心斗角，到最后的为彼此两肋插刀；大一下学期为了一个女孩差点友谊破裂，大二时的一个半夜在台灯下争吃一碗方便面……所有这一切依然像发生在昨天。

自从穗子死后，我经常会在半夜从梦中惊醒，然后发疯似地去找穗子留给我的东西，都是他帮我开导的。

迪苇对我这八个月来的状态很揪心，他看在眼里，愁在心里，却又不知道该说什么好。有一次他实在看不下了，痛心疾首地抓住我的衣领，大叫着要我清醒点。可我还是一如既往地过着颓败生活。

穗子的死对我的伤害实在太大了。

三、我还是输掉了自己

雨大了，走在这条冷清的街上，路好像没有尽头。

我似乎总是在这条街上徘徊，寻找着一个个我生命中的女孩：穗子、苏湉、叶子……那时的感觉和今天一样，街仿佛没有了尽头，而女孩始终没有出现。

叶子曾说过喜欢下着雨的城市，没有了喧嚣，一人走在街头，不打伞，街给人一种永远有多远的感觉。

幻想插上了翅膀，雨丝渗入了呼吸与心跳。

我看了看表，离列车检票还有一段时间，突然想到了这附近有一家很有情调，装修很有品位的咖啡馆。曾经我在火车站苦苦等待叶子从满洲里来上海，来到我身边，可她没出现，后来，我就是在这家咖啡馆，独守至天明。叶子就那么轻易地在我生命中消失了。

现在，对我来说，等候是一种撕心裂腹的煎熬。

不知不觉中，我来到了那家咖啡馆的门前，原来的名字Luna变成了Blue，但我还是走了进去。

“欢迎光临！”门口的接待员带着职业性的笑容。

咖啡馆还是和几个月前一样，那些艺术壁画依然迷人。突然，我对这个咖啡馆的名字Blue有了兴趣。苏湉就是这么叫我的，但它和苏湉有关系吗?

本想找个隐蔽的地方坐下，但脑子好像被什么操纵着，不自觉地就在靠窗的位置上坐下。

叶子曾告诉我，她喜欢在黄昏时分，坐在咖啡馆的靠窗位，听窗外车子急驰的声音，感受夕阳的温馨。

“先生，请问您需要点什么？”女服务员站在我面前。

“来杯咖啡。”

“好的，请稍等。”女服务员礼貌地说，然后转身离开。

“小姐，再给我来杯珍珠绿茶，不，给我来杯可乐。”我望着她离去的背影忽然大声地叫了出来。

“好的，稍等。”她在那张纸上画了一笔对着我笑了一下然后走开。此时，我发现邻桌一个女子正望着我。

一头直得像小瀑布的长发散在肩上，泛着淡淡的紫色。在我们四目相碰时，她用手撩了一下长发，打破了宁静，头发顿时像波浪漾开去。

我喜欢她的娴熟，苏湉曾带给我这种感觉。

“先生，这是您要的咖啡和可乐。”在我翻阅报纸的时候，女服务员已来到我的身边。

“谢谢！”

此时，我又看了一眼邻桌的那个女的。她还是看着我。我开始躲避她的目光，就像很多次逃避苏湉的目光一样。

她应该对我为什么点了咖啡以后还会叫可乐表示不解。其实，这些都不是我想要的。

叶子喜欢咖啡，她说咖啡能够让她的思绪飘得很远很远，苦味让她忘记很多又能够想到很多；苏湉喜欢可乐，她说可乐能够让她忘记眼泪的味道。

我喝了一口不加糖的咖啡，味道好苦。

坐在阳光沐浴着的阳台上品着咖啡，有时吹着木笛，悠悠地荡漾在巷中的笛声带着凄凉。我记得这是叶子经常做的事。

一个个漫长的夜里，我握笔为她写诗，我清晰地看到了叶子吹着木笛的身影。

一盏两盏灯渐渐隐没于黑暗中，而叶子的身影呢？在我的笔尖频繁出现。

而真实的她，真像我的诗句中的那么美吗？我不知道，也无所谓。我要的只是握笔时，能感觉到她就在窗外看着我的诗句，倾听着我的心声。

可到头来，她却成了我心口永远的痛。

想到这里，我的心又隐隐难受起来。我想我得找些可以让自己暂时摆脱回忆的事情做做，看看书，或找人聊聊天。

我拿出《少年维特之烦恼》，这是一本我读两遍才读懂的书。

我喜欢歌德，喜欢这位为爱情而歌唱的作家，在那充满激情般的文字中，我看到了那颗为爱情一直燃烧着的心。

维特死了，死在一个幸福而绝望的夜里，他用生命拥抱着这份绝望的爱，然后离开了人间，因为这片肮脏的土地上无法让爱生根。

我翻开书，一种熟悉的感觉迎面扑来，可是面对足以令我窒息的文字，我不能前行一步。我为自己感到悲哀，维特在绝望的爱情中选择了翱翔于美丽的天国之中，而我呢？苟活着。

我无法抑制地想起了叶子和苏湉，紧随着，心口的阵阵绞痛袭遍了全身，让我坐立难安，直冒冷汗。

“先生，你还好吧？”看到神情恍惚、脸色苍白的我，女服务员走过来关切地问。

“没事。”我勉强笑道。这种心好像被千百万只蛀虫吞噬，又如被一条条疯狗咬着的感觉已经不止一次出现了。

“真的没事吗？”她还是不大放心。

“没事没事！”经我再三强调，她才离开。

我突然想到了几个月前就在这里，我跟苏湉争论着这家店的老板是男是女，我说肯定是一个忧郁的男人，她却笑着说是女的。我想起她那狡诘而又自信的眼神——难道这里面有故事？一下子，我脑海中晃出一个念头，我要在离开这个城市前认识这家咖啡馆的老板，我想弄清楚到底是不是和苏湉有关。

“小姐，你们老板在吗？”我招来一个服务员问道。

这时，我注意到邻桌的那女子停住了手，把头转向我说：“请问先生找我有事吗？”

“我没有找你啊。”我不明就里的说。

“她就是我们的老板啊。”女服务员说。

“你……你是这里的老板？”我惊诧地问。

“是啊，怎么？”

“没……我只是觉得不可思议。”我缓了口气，看着她示意女服务员离开，“你坐在这里，我想十有八九的人不敢相信你就是这儿的老板——我一直认为是个大学生在这里喝茶。”

“你找我有事？”她说着站起身来，走到我的桌边。

“没，没……我只是想认识一下你，也许我和这个咖啡馆有缘

分，在好几个月前，我就在这里等待我心爱的女孩，可她始终没有出现，时间过得真快，今天我却要离开这个城市了。”我又一次想到了叶子，气喘开始加快。

“你不要紧吧？我看你刚才就这样了，给你倒点水吧。”那个女子对我说。

“不用了，谢谢。”我说着喝了一大口咖啡，人却出奇的舒服了点。她一直站在我旁边看着我。

“对了，你先请坐。”我对她说，“我刚才进来时发现招牌名称改了。你是新接手的吗？”

“不是，这家店一直是和我好朋友一起开的，因为一点原因，前一阵子刚改成这个名字。”她说着在我的对面坐下。

“我第一次来这里是和一个女孩子，那天，我们一直争论着店主到底是男是女，当初我硬说是一个忧郁的男人，她却说肯定是个女的。”

“也许她早就认识店主了。”

“怎么这么说？”

“猜的，呵呵。”

“可惜时间过得真快，现实也真残酷，她已经永远离我而去了……”我忽然停住了，心像被刀割出了一道道口子，好长一段时间渗不出一滴血。

她不解地望着我，我却把头转向了窗外。窗外的雨还在下，街的那一边，一个女生打着伞悠闲地走进了一家服装店；一个女孩没有打伞，在雨中小跑，稀稀落落的车辆依然驶着。

“不好意思，忽然跟你说这些莫名其妙的话……”

“没关系，只是你看起来似乎很不舒服。”

“没事的，只是不知何时起，我开始不能回忆一些往事了，一旦想起，心就会痛得厉害。”

“是病吗？”

“应该算是一种心病。”

“也许你只是在逃避，自己没有勇气面对，时间久了就这样了。逃避永远无法解决问题，你是不是总是独自一人煎熬而不愿坦然面对？或者你可以换一种方式，不妨尝试着将它说出来，也许会好一点。”

“其实，这种方法我也曾经想过，但我找不到可以倾诉的人。”

“如果你不介意，我愿意做这个人。你愿意试试看吗？”

“可我不知道从何说起。”

“你慢慢来，放松点，尽量让脑子不要有什么杂念，不必去想那些伤感的结局，可以尝试着想想你们之间的美好回忆。”

“让我试试。”

“我相信你行的。”

“谢谢你，老板。”

“叫我艾静就行了。”

“好的，艾静。”

我始终无法分清苏湉和叶子在我的心中到底各处于什么位置，只是我不能失去她们之中的任何一个，但现实逼迫我必须选择。

单纯的感动与爱情之间应该没有太大的关联，可爱情是什么呢？和喜欢不是同一个概念，它是彼此感觉中的感动。

我在很长一段时间里，我是想着苏湉的模样入睡的。那段时间，我在写作，被心力交瘁的感觉裹得严实，让我无法想象自己在做什么，需要努力去做什么，而苏湉一直陪伴在我身旁。

叶子呢？当我和苏湉闹矛盾时，当我生活上遇上苦恼时，都是她给我出主意解决，在我眼里，她的话仿佛都是真理，让我义无反顾地去照做。

爱到极处时，它便成了一种锥心的剧痛，其实，我一直在寻找一种释放的方法，或者只是在寻找一个倾诉的对象。

我一直生活在一种从希望到失望，然后绝望，最后又出现希望的爱情中。我如果丧失了爱，等于丧失生命。

这也正是我所追求的人生境界，然而又是谁带走了那份爱？

我选择了回忆。我还是输掉了自己。

四、我终于学会

我喝了一口可乐，开始了我的回忆。

我终于学会怎样去珍藏那段不堪回首的记忆。我终于学会怎样面对她们毫不留恋地离开。我终于学会怎样将残酷的结果挽回。

故事应该从雨中巧遇那个坐在宝马车里的女孩开始，自从她出现以后，我经常会不经意地想起她，然后更思念穗子。后来的好几天，我都到火车站附近，我发誓要找到她，找到那个能给我带来穗子感觉的女孩。我只想和她说说话，甚至只是再看她一眼。可是，从天明等到黄昏，一天又一天，她始终没有出现。

正当我快放弃的时候，却意外的见到了她。

那是一周后的某个傍晚，我认为又是失败的一天了，颓废而又沮丧的我站在公交车站台大骂老天爷对我不公。大概是惹怒了老天爷，本来还是烈日高照的，一下子阴了下来，很快就滴起雨来。路上的人们都四处奔跑，努力寻找避雨的地方；爱漂亮的女人们连小小的夹包都用来挡雨了。只有我一人仍站在雨中，像个白痴。

雨水像个顽皮的小孩，一个劲地往我衣服里面钻。我多么想那辆白色宝马轿车能够在此刻停在我的面前，那个女孩和我说一句话，甚至一个微笑，足够了。可这一切都显得那么渺茫。

突然，一把伞遮在我的头上。我不由得往旁边一看，呼吸猛地一顿——是她！我一直在找的女孩子！我找了这么多天都没碰到她，可她现在竟就站在我的身边，这么近，近到能听到她的心跳。

我的嘴巴张在那里想说点什么，可久久说不出一个字，只能死死地盯着她看。

看到我惊讶的神情，她对我莞尔一笑。那又是多么温柔的微笑，正如向我投来一丝温暖，将我宁静的心湖激起涟漪，一种静静

的、柔柔的特殊美感由心底产生，这简直像极了穗子给我的感觉。

“真的是你吗？”我一把抓住她的肩，“你终于出现了！我找了你很多天了！”她的肩臂那么纤细，跟穗子一模一样。

“你想干嘛？”面对我突如其来的激动，她有些惊慌。

“穗子!你为什么要这么绝情地离我而去？”我把她的肩膀抓得很紧很紧。

“你……认错人了吧？”她慌乱地想挣脱我的手。

“穗子，穗子……” 她越是挣扎，我却抓得越紧，生怕她再次逃掉，消失不见。

“放……放开我……” 她叫着，可我毫无反应。

“啪——”一个巴掌把我从幻觉中打了回来。我仍目不转睛的盯住面前的女孩，一时间，我的神情还有些迷茫，分不清到底是梦幻还是现实。她的手悬在空中，不知所措。

过了很久，我渐渐的清醒过来，才意识到刚才的自己是多么唐突。我忙放开了抓着她肩膀的手，抱歉地说：“对不起，刚才冒犯了。”

“你……还好吗？”看她的样子还没从刚才的混乱中恢复过来。

“对不起……我只是一时间把你错认成另一个人……所以……”

“穗子？”

“是的，她是我的女朋友，你真是像极了她。”

“所以你才要找我？”她缓过一口气来，神情渐渐自然起来。“那么你认识我吗？”

“不认识……”我说，“但我见过你，你就是上次——大约一个礼拜前，那天你坐在白色宝马轿车里，差点撞到我，你记得吗？”

“呵呵，那天明明是你自己走错路的啊。”她的表情生动起来，像个孩子般，很可爱。

听到她的回答，我也缓了口气，看来她还记得我。

“那你为什么不找她说话呢？”她又问，“我是说，那个穗子。”

“因为……”我停住了，我想起了穗子。她的白色长裙飘扬在空中，飘扬在我的生命中，然而她静静地躺在我的怀抱中永远地睡着了，“因为她死了。”

“啊……对不起，我不知道……”

“没事，那我们可以交个朋友吗？我叫刘斌，大家都叫我小堂。”

“我叫苏湉！”这时，只见一辆白色宝马开到了我们面前，“我的车来了，如果有缘的话，我们还会见面的。”她合上伞放在我的手上，开门坐了进去。

“叫我小堂吧，还有你的伞……”

“你撑着吧，不要再淋雨了，会感冒的。”

“你还没回答我的问题呢，我们可以做朋友吗？”我傻傻地站在一旁。

“如果有缘再见面我会告诉你答案的。”她嫣然一笑，关上门，然后车子就离开了。我目送着车子离去。

回到家，我洗了个澡，平躺在床上，望着天花板，我自问，我们真的还能再见面吗？想着想着，我傻傻地笑了。

现实就是这么捉弄人，一个多月过去了，我再也没有见到她。我不由自问，是不是我们注定没有缘分。也许我只能认命。

迪苇见我前几天终于恢复到以前那种状态了，可这两天突然来了个大翻转。这种大起大落让他难解，更多的却是担心。

吃好晚饭，我陪迪苇收拾好餐具，就一声不吭地回了到己的房间。

“小堂……”

“嗯？”我迟疑了一会然后转身看了看迪苇。

“我看你这两天不是很开心，发生什么事了吗？”

“没啊！”

“是不是又想到穗子了？”

“不是的，我好得很啊！”我假装坚强的样子。

“小堂，穗子已经死了，她不再回来了，你一直这样下去不是办法的。”

“迪苇，你知道自己在说什么吗？谁说她死了？她和我们一样都很好，好好地活在这个世界上，我们虽然看不见她，可她一直在注视着我们。”我的声音有点大，我又发毛病了，“迪苇，我们是好哥们，所以我今天不和你计较，但不想有下次，你们谁也不

能这样说穗子。”

“小堂，你清醒一下好吗？”

“我现在很清醒，穗子没死，她就在我身边，我也碰到她几次，可她最近不知为什么又玩消失了。”我说着往自己房间走去。

我指的当然就是苏湉。我一个劲地倒在床上，正好看到了挂在墙壁上那把苏湉留下的红色雨伞，可它的主人呢？

我的生活又一次陷入了困惑中。

曾经很长一段时间里，每当夜深人静，寂寞充斥了我的身子，让我举足无措，这样的时候除了在网络上找到慰藉没有什么更好的方法了。

穗子很喜欢读我的文章，她说那些文字能给她力量，当她离我而去时，这些文字也变得没有丝毫温度了。直到今天，我再也写不出一点文字来。

可叶子的出现又一次燃起了我的心火，她又一次让我珍视那些像是我每个细胞般的文字。

我和叶子的相识是因为她发在BBS上的一篇叫《那片海，那份爱情》的文章，那段时间我无依无靠，好不容易认识了苏湉，她能让我回味到穗子留给我的感觉，可过了这么久，她都没有出现过。

我非常喜欢叶子的这篇文章：叫叶子的女孩对一个上海男孩的思念，虽然这个男孩只出现在她的梦境中。

叶子生活在无边无际的草原上，那里有她喜欢的牛羊。她喜欢躺在草地上感受着清风、阳光。

从小，她就做一个梦，这个梦一直陪着她长大。梦中有个男孩，他陪叶子在草原上嬉戏，陪叶子看夕阳，陪她一起画画……可叶子始终看不清那个男孩的脸，因为叶子从小就得了一种奇怪的病。

直到她十八岁那年梦中的男孩终于转身面对着她，那是他第一次转身，那是叶子第一次看到他的那张脸，虽然只是朦朦胧胧的感觉。

那以后，叶子的梦境中再也没有出现他的身影，他消失了，留下了一份虚幻的约定。叶子的生活也开始变得空白。

于是，她开始思念，开始想着他们的约定，开始梦想着哪一天能够上海，去寻找那个梦中的男孩。

她从来没有离开过自己的城市。她想象着上海应该可以看见一片海，然后听着海风，他在海的那一端等待，她化作一只美丽的蝴蝶，可是能够飞到那一端吗?

至今，她还是没有去过那片海。而他会是一个真实吗?叶子想。

当我读完叶子的《那片海，那份爱情》时，我的心不禁怔了一阵子，久久不能平静。我清楚并不是被这个女孩对爱情的执著追求感动那么简单。

长久以后，我一直希望自己笔下能流淌出这么美好的文字，可每次握笔，留下的只是苦涩。而叶子，她竟能如此巧妙地把一段美丽的爱情跃然笔下。最难以想象的是，看完她的文章，我感觉那个故事离我很近很近，仿佛发生在我身边。这是好长一段时间以来没有过的共鸣——多么美好的共鸣啊。

从来没有一篇网络文章能给我如此惊心动魄的共鸣。为什么呢？难道叶子的出现注定会改变我的生活吗？难道叶子梦中的那个男孩和我有着不可分离的关联吗?

一串串的疑问让我主动给叶子写了第一封信，我想了解更多更多关于这背后的东西。这可是我第一次给陌生人写信，不知道是什么力量促使我的手在键盘上敲下那些字的。

我总觉得给一个陌生人写信要有更多的勇气。

五、让我们一起在风中起舞

现在，窗外夜阑人静，细雨抚摸着我的小窗，模糊了窗外的世界。我望着霓虹模糊的光芒然后一边给叶子写信。本来，我再怎么也无法接受，无法想象会给陌生人写信。那种感觉就像吝啬主把自己的金银财宝向世人公开。

也许很长时间以后，问自己为什么会给她写信，我只会笑，一言不发，就像我为什么会喜欢在飘着细雨的城市街头走着。也许是一种无形的力量将我的心，我的手操纵着。

我喜欢这样的时刻，夜包容着我的心。我把心交给这个世界。一场雨湿了夜，我却感觉到了无比的温暖。此时，我感觉我的生命在燃烧。

我的信（一）

叶子：

恕我冒昧斗胆给你写信，这种感觉就像第一次跳伞。

你一定收到了很多像我这样的陌生人给你写的信了，但我还是义无反顾地给你敲下了这些微不足道的文字。

这是我第一次给一个陌生人写信，心里起伏不定，“剪不断，理还乱”的思绪就像上海这几天的天气，飘着断断续续的细雨。我天生对雨敏感，所以选择了这样的时刻给你写信。

在网络这个找不到边际的世界里，曾经也有那么些感人的文字让我想落泪，但当我看到你的《那片海，那份爱情》时，不单是感动了，它给了我好久以来没有过的共鸣，它让我迫切想了解更多更多关于那个在灯下写着文字的作者，让我迫切想和她说话。于是，我选择了给你写信。

我认为给自己欣赏的人写信应该是一种幸福。最近我在看《两地书》，许广平在回忆文章中，写到鲁迅先生在晚年常常夜不成寐，

许广平给先生无微不至的关爱是超脱了女性所能及的，而当她第一次提笔给鲁迅先生写信的时候，她的感觉是不是和我一样呢？

刚才我第四次看完了你的《那片海，那份爱情》，而且将它打印了出来，现在它们就躺在我的膝盖上，我感觉到那些文字在我膝盖上跳舞，我望着它们，就像很多母亲望着自己的孩子。也许我已经完全走进了文字的海洋，走进了主人公的内心世界。

我是被文章中的叶子打动了。苦难的人生，我明白了，有着完美梦想的人是无法逃避苦难的。可是我自问，文章中的叶子就是你吗？

其实，我也一样，本以为自己可以拥有一段美丽的爱情，可最终才发现自己一无所有。

在这张世俗的大网中，我们都是微小的颗粒，可能在离开的那一刻还不知道自己得到什么又失去什么，我始终认为这不算重要的，我只想知道我给这个世界留下了什么。既然我们无怨无悔，一切就显得微不足道了。即便我们是一滴水，我们也要明白曾经滋润过一寸土地。

不知你是否同意我的观点。

写完这份心情，夜已经很深了，雨大了，可是我的心情畅然了很多。可我一直幻想着有一天能够在风中自由飞舞。

希望你能看到我的这封信。

小堂
2003年6月20日

两天之后，我终于发出了这封寄向远方的邮件，如果叶子现在在网络上的话，她应该可以收到我的邮件了，难道这种速度就是网络给我们生活带来的方便？应该是的，但我现在希望这封邮件沉入网络海洋底部或者在网络中途出现障碍，或者，叶子迟一些收到邮件。

人就是这么矛盾地生活着。

之前，我写完了给叶子的信，然而当我键上叶子的邮件地址，写上主题，鼠标却迟迟停留在“发送”键上。我的手紧握着已经发热的鼠标，一直不敢点击。我的心跳加剧，好像要跳到嗓子眼了，右手颤抖着。我自问这样是不是太唐突了。

犹豫了好久，我还是选择存入草稿箱。我的双眼注视那封未发送邮件，很长很长一段时间，不敢想任何事，不愿做任何事，我觉得自己的心顿时变成了一块空空的墓地。

接下来的两天，我一上Internet就打开Outlook，然而还是输给了勇气。我打开小窗，我仿佛能够看见远方的叶子，她正打开心灵的窗子。我给了她最美的祝福，她给了我最灿烂的笑容。

就在今天，我依然打开Outlook，这已经成了我几天来必有的功课。终于，我拿出了登珠穆朗玛峰的勇气按下了“发送”键，突然我感觉到我的手一阵麻木，像是被电击，然后麻木的感觉遍布到我的脚趾。

我终于将几天来的心石放下，就像将怀胎十月的孩子降临在这个世界的母亲的感觉——激动得落泪。

可是，我开始担忧、苦恼，我想着一大串的问题，万一叶子看到这封信时真的不加理睬，万一叶子看了以后是失望，万一叶子不给我回信那又是怎样一种心情？我幻想着叶子把我这封毫无分量的信不瞟一眼就删掉，那时候我的心应该破碎成粉。于是，我自责，为什么不把信写得更加虔诚，为什么不把主题写得更加吸引人。

信发出已经有五个小时了，它现在应该正轻轻躺在叶子的信箱里，或者已经被打入地狱。

我现在只想信慢些让叶子看到，那样我和叶子的失望会迟些到来，那样至少能够让我的梦想的翅膀迟些折断。

我衷心地希望上帝能够让它自由地飞翔片刻，除了这个，我不敢有更多的奢侈。

自从给叶子写信至今已有十几天了，我每天坐在客厅中看着重播的体育赛事，无聊得一塌糊涂，那些套路就如老娘们的裹脚，过时得令人无法想象；那些电视剧，演员做作得很；那些娱乐新闻更无味，专门弄些明星的绯闻，可信度不知有多少。

迪苇每次下班回来，看到我只是在看电视，丈二和尚摸不着头脑。他不会明白——我这样只是在苦苦等待一个远方的女孩的回信，让她帮我来解释那些藏在我心底的疑问。

这一切只是因为一篇文章而起。

在等信的日子里，除了看电视，我就是看书，我实在找不到更好的消遣方式了。我不清楚下一步该怎样走，我的未来一片茫然。

一个人的命运是天注定还是掌握在自己手中？“谋事在人，成事在天”到底是不是真理？我无法解答。也许冒昧给叶子写信就是一个错，就是一种折磨。这些天来，我发觉自己根本就不入流。

昨夜在天桥下睡觉的流浪人，今日却能西装革履；昨日香车宝居，今日上街乞讨，这些不是不可能发生的事情，这又是什么？宿命的轮回？

我的命运又能谁来掌握？

它无法安分守己地躺在我的掌心中，我只能毫不犹豫地承认我的过错，昂首挺胸，接受命运对我的无情鞭笞。

如果这个世界无法容纳我弱小的身子，我会心甘情愿地悄悄收拾行李，去另一个世界，将不会留下任何痕迹。我不会有任何怨恨，我没有怨恨的理由，在这个本就丑恶的空间里，还有什么值得我去留恋的？我还有什么要咒骂的？

从一开始，我就一直走在一条黑暗而且坎坷的道路上，碰了一鼻子灰，扎了一身的刺，摔了很多次的跤，但一次次的受伤让我无法坦言“从哪里失去，就从哪里开始”、“从哪里跌倒，就从哪里爬起”。

也许我能够扛得住大风大浪，但却无法阻挡那些小痛小痒一点点聚积像白蚁吞噬我的骨子。

又一个多礼拜过去了，我还是没收到叶子的回信。

我显然有点失望，我不得不承认这样的等待是折磨。

由于是周末，迪苇没有上班。我们坐在客厅看电视，迪苇看我魂不守舍，有事没事地找我聊。

“小堂，我们公司最近新来了个女孩子。哎……人长得特漂亮，前天她来报到的时候，很多男同事都快喷鼻血了。”迪苇和我开玩笑地说。

“那你怎么还不进攻啊？！”

“你这小子就喜欢损我，如果我够得上那资格的话，还会在这

里诉苦吗？”

“那就拱手相让喽。”

“你小子是真装傻还是怎么啊？”迪苇声音有点大了，“你的智商不至于低到这程度吧！”

“我怎么啦？”

“我想介绍你们认识。”

“没兴趣！”自从穗子离开以后，迪苇总是有意无意的介绍些女的给我认识，可每次从开始到最后，我和她们根本无话可说。也许是我对爱情失去了信心，或者，是对自己失去了信心。

“你小子不要后悔，她比你还小一岁，已经做上了我们的主任。她是董事长的千金，刚从法国留学回来，很有能力。”

“我对这种女人向来没有什么好感，和他们说话感觉是生活在两个世界”

“别这么快就否定啊！她人很好，开朗健谈。那天报到时人事部主任说了她是董事的千金时，你知道她说了什么吗？”

我没有回答只是望着迪苇。

“她说虽然他父亲是公司的董事长，但大家千万别避而远之，她现在和大家没有任何区别，她有错大家可以指出，有什么说什么，大家都是在互相学习。哎……真让人意外。”

“哼。”我嗤之以鼻，心里却有些疑惑：现在还有这样的女孩？

我突然想到了叶子，我问迪苇：“一个女孩不给一个陌生人回信会有几个原因？”

“你小子不要转移话题。”

“不开玩笑，你先告诉我啊。”

“没门！”

“说吧，有什么交换条件？”

“星期一来我公司。”

“你……”

“我可没逼你，自己考虑考虑吧。”

后来我终于勉强答应之后，迪苇向我解释了原因不外乎几个：女生对我的信根本就不感兴趣；那封信根本就没有到她手；女生

有难言之隐；我的信说到了女生的个人隐私问题……

我听了之后，再一次回忆我信中的内容，至于迪苇说的原因十有八九不会发生，而迪苇却不解了，他想不明白我什么时候会对这种问题感兴趣。

他又何尝知道我这些天来就是为了一封信变得颓废。

星期一，我无奈的在迪苇的硬拉下去了他公司。

可是我在他公司呆了一个早上，他要介绍的那个女孩却没有出现。迪苇很遗憾，而我庆幸逃过了一劫。

十一点多，我们去公司餐厅吃了午饭，我便准备回家了。尽管迪苇左拖右扯的要再留我，说什么那女孩下午会来，我却坚持着离开了。

出了大厦，就看到一辆白色宝马停在大门前面——每次看到这款车，我都忍不住多看几眼，想着车中的人也许就是苏湉。

我仔细一想，早上进来时没有看到这车，会不会是……

我想象着自己能够再次遇上她，难道我们真的会在这里再一次邂逅？

“苏小姐好。”

“好！”多么亲切的声音，我立刻回过头去，就看到一个熟悉的背影出现在转弯处，是她！真的是苏湉！

我绕过大堂，往她的方向快速跑去，只见她走进电梯，门慢慢紧闭。关门的那一刹那，我看到了她的脸，依然笑得那么灿烂，但不知道她有没有看到我。

我本想立刻跑楼梯上去追，却又想也许我和她真的没有缘分，何必这么执着呢。于是，我沮丧地转身离去了。

一刹那，我又突发奇想：难道迪苇说的那个女孩就是她？不，怎么可能这么巧？但，那她又为什么出现在这里呢？我越想越乱，一脚踢过路边的易拉罐——让这些烦恼见鬼去吧。

也许我应该像叶子的文章里那样，拥有一段虚幻的爱情，而且我也更适合用文字和别人交流。顿时，我又想起叶子，我真的很想和这个女孩说说话。可我什么时候才能收到叶子的回信呢？

这些等待叶子来信的日子简直纠缠得我不知所措，我把生活过得一片狼籍。我清楚地意识到这种等待不像在公车站等待公车，在地铁站等待地铁。

我无法想象一封信能够将我苦苦经营的宁静打破，让我寝食难安。

我想为以后的日子做个打算，但脑子浑得就如五味瓶打翻。我无法忍受这种清淡得像不加调味剂的豆腐的生活。

六、谁能让一刻停留永不改变

本以为我不会这么坦然地回忆这段一直纠缠着我的往事，可我还是做到了，我发觉自己只是一直找不到合适的倾诉对象。

“爱情，人类社会一种伟大的情感。有时候觉得自己活在没有爱情的世界中是多么可怕，似乎除了爱情没有更多值得留恋的东西了。”艾静说。

“我始终也无法逃避它的束缚。爱情在这个社会就像流感，每个人想逃避却又无能为力。但爱情经不起任何摧残，它太脆弱，如果两个人不好好经营，就随时随地存在危机，闹不好就会分手。”

“你说得很对，爱情是很脆弱的，它是一种缘分，但如果彼此不懂得珍惜，缘分也会到尽头。”说完她就沉默了。

“我的故事是不是勾起了你的伤心回忆？”

“没事，你继续讲你的故事吧。”

我品了一口咖啡，望了望艾静，她向我笑了一下。

我的日子仍是过得七颠八倒，没有叶子的回信，置身于阳光之中却看到了天空的大片阴影，幻想着自己能够活得快活些，可那些回忆却总在心中隐隐作痛。那些幸福的人都睡了，梦到了他们期待中的美丽世界——和梦中情人甜蜜约定，我却只能让孤独与痛苦流动于我的血液中。

我守着空坟般的网络，等待叶子的来信，哪怕是一个字，但没有。即使是牛郎织女等待鹊桥相会也有一个约期，可我呢？我不知道什么时候能够收到叶子的回信，甚至根本不知道能不能够收到她的回信。这种感觉让我苦闷不已。

每一次上网我都会去看看是否有叶子的来信，这好像成了我的一个习惯，一条必经之路，就像人要吃饭，吃饭要拿筷子，但每次总是失望。

太多失望过后，我渐渐地绝望了。

我开始像小孩一般学会用期限，学会用倒计时，学会发誓；我总在心里估算着如果叶子今天再不给我回信，以后即使回了我也不会理睬，可一天过去了，一切如旧，然后就对自己说再给她两天时间——也许她正在酝酿之中。这种自我安慰让我觉得更多的是可悲。

一个多月的等待，换来的只是一个零，付出和得到的根本没有画上等号。

就在我濒临绝望的时候，我收到了叶子的信。

叶子的信（一）

小堂：

请原谅我对你的来信迟迟未复，因为前一阵子我和外婆一起去了内蒙古最北边，和俄罗斯接连的地方。这是我第一次出远门，这是一次难忘的旅程。我感受到了从未有过的幸福。

虽然出了点意外：我在途中受了风寒，而当地的医疗设备较落后，我在外婆和一户当地人家的帮助下，才得以恢复。我还记得，那晚下着雨，我难受得很，路上一片泥泞，外婆一直哭，雨水、泪水模糊了她的脸，那叔叔一边安慰她，一边背着我去诊所，但恢复之后，我终于感受到了梦中的那片草原的空旷，听到孩子们天真淳朴的笑声，仿佛一切都是值得的，那是一种多么愉悦的感觉。

也许你早已对我印象模糊了，我只是游在网络海洋中的一只受苦难的鱼儿，但我又希望你不会已经忘了我，因为在你的信中，我读出了一份至真至诚的情愫。

我的父母在我还未看清楚他们的脸时就永远地离我而去了，从我懂事以来，我就和外婆在一起，她是我惟一的依靠。而当看到你的信，我顿时百感交集：喜悦、惊奇、感动……你知道吗？所有的情感都让我觉得眼眶湿润，那是多少时间来未出现过的。我一直期待着这种感觉，就像很多人一直期待着掌声在他们生命中响起。在读完你的这封信后，终于让我实现了梦想。你给了我生命旅途中唯一的共鸣。

小时候外婆给我讲安徒生童话，我听着《海的女儿》、《卖火柴的小女孩》、《恋人》、《野天鹅》进入梦乡。我最喜欢《海的女儿》。它曾无数次打动我的心，小人鱼把获得一个“人”的灵魂当

作她最高的志愿和理想，她的坚强毅力和为了那个王子而牺牲的精神怎么能不让我们给以敬佩的目光。

小人鱼爱上了王子，而王子却要跟另一位公主结婚。她只有在天明之前，将尖刀刺进王子的胸膛，让他的热血流到她的腿上，她的双腿才可以恢复成鱼尾，她才可以回到海底世界，继续活下去。

太阳还没有出来。小人鱼拿着刀子，犹豫不决，然而她最终在“不是他死，就是你死”之中选择了后者。当她掀开帐篷的紫色帘子时，看到那位美丽的新娘把头枕在王子的怀中睡着，当小人鱼弯腰亲吻了一下王子清秀的眉毛时，朝霞渐渐变亮了，她听着王子喃喃地叫着新娘，然后自己投入海中，化为泡沫。

在读你的信时，我的脑海中浮现出一个美丽的图案——一个个深夜，一个少年手握着那支有源源不断的文字流出的笔，在稿纸上艰难地行走着，那一刻窗外灯火辉煌。你被宁静包围着，在那个只有一扇小窗的屋子里，但你透过这个小小的窗凝视着偌大的世界，在你的眼中，世界变得如此清晰，明暗、是非、真假……纹路竟然是那么明显。

当读到“写完这份心情，夜已经深了，雨大了。”的时候，不知为什么在我的心底涌上了一丝忧伤，淡淡的，我知道这封信结束了，那些唯美的文字结束了，但我真的想它们是无休止的，我想它们永远陪伴着我，没有终止，但它还是无情地画上了一个圈。小小的，可是在我的心中那是一个足以将整个世界装进去的空间。当时，心底不由得被一种悲凉填满，我猜测，这是一个句点还是一个休止符呢？我想它只是一个休止符。

小堂，此时的你在干什么呢？

望好梦陪伴你。

叶子
2003年7月28日

叶子的日记（一）

今天，我要到洛古河去。这是我第一次离开生活的这座城市。选择去那里，是因为外婆就是在这里认识外公的。

当我们出满州里时，天空下着雨，它湿润了大地，湿润了我

的心灵。坐在车子里，听着雨水砸在车窗发出的悦耳声音。我已经想象到了终点站的那片宁静土地是多么美丽。

黑漆漆的车窗外，喧嚣渐渐被吞噬，黑漆漆的车窗里面，一颗心在急剧地跳动。我就偎依在外婆的怀中，不知乘了多少时间，不知转了多少车，外婆拍醒了睡着的我。

当外婆告诉我洛古河已经到了时，到底是什么心情我无法用言语表达。下了车，洛古河正飘着细雨，外婆要为我打伞，我却拒绝了，因为我想在这片土地上感受大自然的恩赐。

我知道还要走很长的一段路，但并不惧怕。

雨大了，外婆怕我会着凉，不放心地将伞遮在我的头上，我听着雨滴落在伞上的声音，感觉到从未有过的怅然。

天色渐渐暗了下去，可我们要到的村庄却依旧不见踪影。

外婆一边走，一边开始向我讲着她几十年前在这里认识外公的情形。讲着讲着，外婆突然兴奋地大叫起来，她说前面有光亮。于是我们打足了精神，又走了好一会儿，终于到了亮光的地方，那是一个农家。

外婆和那对老夫妇寒暄了几句，他们热情地招呼我们。后来外婆告诉我那正是外公曾经住过的地方。

走了一天的路，外婆要我先休息。我躺在炕上，开始幻想这几天将在洛古河怎么度过。

叶子
2003年6月19日

叶子的日记（二）

那天到了洛古河后，我和外婆在一户农家住了下来。

当天睡到半夜，我突然觉得全身不舒服，直流冷汗，我躺在床上开始不断的呻吟着，叫着外婆。外婆和那对夫妇见我痛苦的样子都着急了，说我大概是因为一天的奔波加上淋雨之后发高烧了。

他们把我裹得严严实实，又熬了些草药给我喝，可我只是越来越难受，丝毫不见效。外婆当即决定要带我去看医生。可村里根本没有医疗设备，要看病只有去十几里外的镇上。

外面下着雨，老农夫把我平放在一辆篷车里，外婆就坐在我的

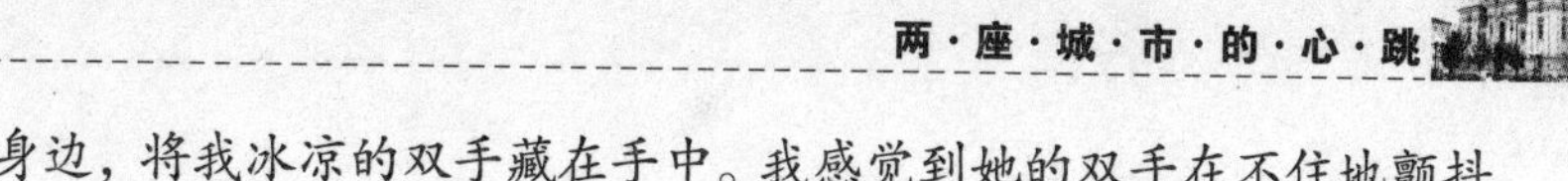

身边，将我冰凉的双手藏在手中。我感觉到她的双手在不住地颤抖。

“外婆，我感觉很冷很冷。”

外婆将我的整个身子都藏在怀抱里，脱下外套披在我的身上，但我仍不住地打颤。

“外婆，我好难受，我是不是要死了？”

“叶子，好孩子，没事的，见到医生就好了。”外婆忽然哭了起来。

“外婆，你不要哭，只要你这样抱着我，我就温暖了。”我也不由得开始抽泣。

外婆用手擦拭我眼角的泪水。

我在外婆的怀抱中，只觉得全身发软，没有任何支架，过了一会，气喘急促起来，并开始咳嗽。

“孩子，你怎么样，你觉得哪儿不舒服啊？跟外婆说好吗？”外婆急道。

“我——我好难受，我觉得自己要死了——”

“不会的，你不会有事的，马上就到了——坚持一下——”

“外婆，我好像看到妈妈了，她周围有很多花，很漂亮——咳——很多蝴蝶停在上面，还有很多小孩——在花园里——”我迷迷糊糊的说着。

“孩子，不要吓外婆好吗，外婆——外婆给你讲《野天鹅》的故事好吗？”外婆使劲抓着我的手，好像她一松开，我就要消失掉。

“不——我想听《母亲的故事》。”

于是外婆开始给我讲安徒生的《母亲的故事》。朦胧中，我仿佛真看到了母亲，她微笑着向我招手。我甚至感觉到她正亲吻我的眉毛。

突然，篷车一阵晃动，然后一歪，停止了前行。下着雨的路上满是泥泞，车轮陷入了泥坑中。

外婆下了车，和老农夫一起推着车，我只感到车在摇晃，车外，雨声中夹杂着他们的急促的呼吸声。我想到了外婆应该是淋在雨中，脸上都是水，不知是雨水还是泪水。

篷车好不容易从泥洼中叫拖出来，但没拉出几米，又陷了下去。

一阵阵隐痛在我的身子蔓延。

“外婆……”我的声音很轻很轻。

“孩子，怎么了？就到了，就快要到了。”

外婆一说完，篷车又一次陷入了泥坑中，可我再没有力气说话，依稀感觉自己快要升到美丽的天堂，和妈妈在一起。

“算了，我来背她。”老农夫利落地脱下雨披将我背了起来，外婆把雨披挡在我们的头顶上。

那个农夫背着我艰难的向前走着。本就泥泞的道路加上黑夜下着雨，他很辛苦地往前走，我能够清晰地感觉到他抬一脚要用多少的力气。

我趴在他的背上，闭上了眼，泪珠滑落下来，人开始毫无知觉。

叶子

2003年6月23日

叶子的日记（三）

我昏迷了好几天，在外婆和农家夫妇的细心照料，我的身子慢慢好起来了。

外婆显然非常高兴，我看到外婆依然红肿的双眼，感动地哭了。

阳光从草房的顶部照进来，好温暖，好美丽，于是我让外婆带我出去走走。

中午时分，外婆带着我去附近的村庄玩，那里有老人，有年轻人，也有比我还小的孩子，他们看到我们到来，都很热情。孩子们带着我去草原上玩，牵着我的手去抚摩小绵羊柔软的毛，还去挤牛奶。一开始，我不敢靠近，但在他们的鼓励下，我勇敢地迈出了第一步。

然后，我坐在草原上，听着风声画画。累了，就躺下，将自己融入到大自然中，孩子们也躺在我的身边，我们的手拉在了一起。

迷糊中，我仿佛又看见了那个从小到现在经常出现在我梦中的男子，但我始终不能看到他完整的脸。好多次，我多么想他就站在我的面前，让我好好看看他，让我摸摸他的脸。

当夜深的时候，那些孩子就留我在那里过夜，然后我就给那些孩子讲故事。

我们在一个个美丽的画面中入睡。

叶子
2003年6月15日

叶子的日记（四）

自从十八岁那年能看清梦中那个男孩脸上的某个部位之后，接下来的日子里，他又常常在我的梦中出现，但每次只能看清他身体的某个部位。

不知为何，我开始萌发了写点文字的欲望，于是我就在一个个深夜写着，然后将它们发在网络上，让很多人看到我的文字。

当我开始创作《那片海，那份爱情》时，奇妙的感觉诞生了，在我提笔写第一个字的时候，我感觉到那个男子就在我的笔尖。

在我写完这篇文章的那个晚上，我又一次梦到了他，他告诉我他生活在上海，那个钢铁森林的城市，那个被摩天高楼遮拦住阳光的城市，可是他喜欢一望无际的草原，喜欢宁静，喜欢站在草原上伸手，感觉天空像是被自己托在手心。

我们约定将来在上海大都市见面。

那以后我就再也没有在梦境中看到他。我陷入了思念苦海。

我告诉自己要等待一次奇遇，在那个繁华的城市，可我至今还是没有去过上海，我想那里应该有一片蓝色的海，一只海鸥掠过那片海。我在这边，他在彼岸，然后我变成一只蝴蝶，翩翩飞扬在海面上，最后停歇在他的肩膀上。

这是我的幻想，于是我把这个幻想作为《那片海，那份爱情》的结局，我相信会有这么一天。

那一天，世界将一片光明，充满爱。

叶子
2003年6月28日

叶子的日记（五）

我去洛古河是想静下心来好好画画，因为当我站在风儿直来直去的草原上时，能很清晰地想到那个梦中男孩的某些部位。

可是一转眼，一个多月的时间过去了，我还是无法将那个男子的脸画出来。

我仍记得在梦中，他陪我在草原上自由飞舞，他握住我的手教我画画……但当我想看清他的脸时，我的视线开始变得模糊。

在我十八岁生日那晚，我在梦中第一次看见了梦中男孩的正面，虽然只是清楚的注意到他脸上的一个部位。梦中的我走在喧嚣的城市街头，车水马龙忽然消失了，周围变得一片空白，模模糊糊中，我看到了他在不远处独行——他有一头长发，穿着一身黑色的衣服。我们越来越近，我看到了他深邃的眼睛。我想冲过去抱住他，但我们之间的距离永远有多远。

突然，我从梦中惊醒，我的眼前却仍一片漆黑，看不见任何东西。

那天之后，我才知道原来自己得了一种奇怪的眼病——有时候我能很清晰地看见这个色彩斑斓的世界，有时候一觉醒来又感觉这个世界很模糊，甚至长时间看不见。我的视力一天天在萎缩，可能在几年之间就会完全失明，但也可能一直“幸运地”保持现状。外婆带我去看了好多医生，还专门问过自己在上海的朋友——据说是一个在这行的专家，但他们都说这种类似于视觉神经发炎但又不能完全断定的病，目前还没有什么可行的医疗方法。

为了这病，外婆什么方法都试过了，中医西医，还有些不知道来自何处的所谓祖传秘方，可都毫无效用。这么多年来，从最开始的惊慌到希望再到绝望最后到现在的坦然面对，我清楚这病，就目前的医学来说根本没有什么治疗方法，除非有什么奇迹。

叶子
2003年7月20日

叶子的日记（六）

我最终还是要离开洛古河，这个美丽的地方。

我离开的时候，邻村的孩子们都赶来送我，还有些小孩子拉着我的手不肯放我走。

“大姐姐，不要走，留在这里嘛。”

“大姐姐，我还要听你讲故事。”

“我们舍不得你走。”他们依依不舍地说。

我蹲下身，抚摸着他们的脸，却摸到了湿润，他们哭了。

当我放开手，狠下心来不回头地向前走去时，却听到了他们大哭的声音。

叶子
2003年7月25日

叶子的日记（七）

自从我将完整的《那片海，那份爱情》贴在网络上，每天都会收到一些邮件，从洛古河一回来，我第一件事情就是上网查信箱，可是今天很特别，我收到了一封署名叫小堂的陌生人的信，不知怎的，在众多信中，我毫不犹豫地点开了他的信。读着他的信，我的心再也无法平静，心湖上像是飘着细雨，然后泛起层层涟漪。读完他的信，感觉我们在很早很早之前就认识了，可就是记不起什么时候。

那是一阵共鸣，那是一种感动，那是一阵惊喜，我从来没有收到这样一封至真至诚的朋友的来信，于是开始热泪盈眶，我的心起伏不定。

当时，我的第一感觉——他将是我一直寻找的那盏指明灯，他将会指引我前行。

他的信让我感到无比轻松。看着美丽文字我能联想到美丽的事物，感觉沐浴在春天般温暖的阳光里。

我知道我一定会给他回信，而且会是一封特别的回信。

可我不敢草率，我不敢将自己贫瘠的文字展现在他的面前，但最后，我还是不顾一切地给他敲下了文字。

叶子
2003年7月28日

七、美丽的蝴蝶在梦中飞啊飞

8月5日一大早，还在梦中的我就接到了母亲打来的长途电话。我的睡意霍然消失。

她说今天是我的生日，要我去找几个朋友庆祝一下。我恍然大悟，原来时间这么快，又是一年过去了。自从穗子死后，我再也没有把生日当成一回事了。

母亲在电话那头一个劲地说要注意身体啊，别感冒啦什么的，我只是心不在焉地应答着。

快挂电话的时候，母亲忽然变得吞吞吐吐，欲言又止的样子。我知道，她是想问我是不是还在想着穗子。每次谈到这个话题，她就这样子。最后，母亲只是让我不要想太多了，只要我过得好，她就开心了，然后匆匆地挂了电话。

其实，母亲想说的是要我放下穗子，要我忘记从前，别再死守那个虚幻的承诺了，我知道，我知道我应该像她说的那样去做，可是我却无法做到。

自从穗子死后，生日对我根本没有任何意义。

记得去年的生日是自己一个人度过的，也许我已经习惯了孤独。有时候，孤独就像腐蚀剂，会让我们的心一天天腐烂，然后失去知觉，但又有那么多诗人选择了它。

二十岁的生日应该是我最幸福的，因为有穗子陪伴我。其实，又有多少人是适应孤寂的。他们何尝不是期待着哪天拥有爱，拥有自由，拥有幸福，但现实逼迫他们顺从寂寞。

可自那以后，我就再也没有那种瞬间的感觉了。我无法拒绝孤独。

今年的生日，我并不想找任何人陪我庆祝，我没有那份心情。我只想独自坐在房间中，想想过去——那些过往云烟——找到属于自己的空间，让自己好好想想明天。

我只身一人躺在客厅里，看着鱼缸里的那条金鱼，这是迪苇养的。本来有两条，相亲相爱，只是几天前，有一只忽然死了，只留下这一只在那里孤独地游来游去。其实，人的生命何尝不是和鱼一样，那么脆弱。我又一次想起了穗子，这个让我欢喜让我忧的女子。曾经的那些欢乐日子哪里去了？

人走了，我却念念不忘；

咖啡凉了，我却强忍咽下；

天空阴霾了，我却让心灵坦露在外。

傍晚，我正坐在自己的房间中看书，就听到开门的声音，是迪苇回来了。

“小堂，你这小子还不给我快点滚出来。”刚一落脚，迪苇就在客厅大叫起来。

“忙着呢。”我不屑一顾地回了句。

“那你可别后悔。”

“懒得理你。”说虽这么说，但我说着已经站起了身，“又怎么了？”一出房间，我就看到迪苇脚边一堆乱七八糟的袋子，而他正在忙上忙下，公文包被丢在一边。

我凑近一看，什么烤鸭、夫妻肺片、红油笋尖，还有热腾腾的小笼包子……

“你小子发财啦？这么丰富。”

“别只顾着看了，还不帮忙把这些东西拿出来。”他踢了我一脚。

我明白他一定想帮我庆祝生日了，这些年来，他一直记得我的生日。去年，他由于出差，不能陪我庆祝，但那天晚上他还是给我打来了长途电话表示祝福。

经过我们的一番整理，七八个菜摆满了本就不大的茶几，然后就开始吃了起来。边聊边吃边喝，几罐啤酒很快就被喝光之后，我们还喝了一直不敢开封的椰岛鹿龟酒。这东西酒兴浓烈，一小杯下肚让我全身滚烫，冒出了汗。

又说又闹地折腾了几个小时，酒量本就不好的迪苇终于不行了。我把他搀回房去，又收拾了一下客厅，当我都忙完，时间已

晚了，但我仍毫无睡意。

其实，我真的很感谢迪苇，他总会在我最需要援助的时候伸出温暖的手，在我最失落的时候将我解脱。很多时候，我在迪苇面前像是一个站在华美橱窗前的孩子，喜欢牵着他的衣角走。

望着窗外，依然灯火辉煌。

大仲马就这样说——友谊也就像花朵，好好地培养，可以开得心花怒放，可是一旦任性或者不幸从根本上破坏了友谊，这朵心上盛开的花，可以立刻萎颓凋谢的。

我和迪苇的友谊可能会枯萎吗？

我坚信那是不可能的。

我躺在床上，翻来覆去睡不着，便起身打开电脑，习惯地连上网络，进入邮箱，曾几何时，这已经成了我上网时摆在第一位的事了。

叶子？！新邮件那一栏上赫然显示着这个名字——一个让我脑海一片混乱的名字。

我一直在等待着这一天的到来，而这一天终于到来的时候，一切却变得让我难以置信。

顿时，我的醉意消失在九霄云外。我好像是屏住呼吸看完叶子的来信的。我真的不敢相信这是事实。我害怕一个呼吸会让我的梦境消散，害怕一呼气会将文字中散发的灵性冲淡。

叶子的信会是我生命新的开始嘛？

现在我给叶子写信，不知道她在遥远的北方做些什么，是在做美好的梦吗——梦境里有美丽的花园，鲜花怒放，五色十彩的蝴蝶飞扬着，从这朵花飞到那朵花，一群活泼的小孩和她一起游戏。

给她写信时，我似乎感觉到她正趴在我的窗台，凝视着我的一言一行，一笑一颦。

现在的窗外变得很静很静，但我还能够看到窗外那束最温暖的灯光，从我选择文字的那一刻开始，它一直亮着，我相信它可以照亮我的路，让我从黑暗的谷底中走出。现在已经是六号凌晨了，我在叶子暖暖的文字中度过了我的生日，然后在给她的回信中冲向了次日，这是不是一个预兆：叶子将是带领我走更长的路的人？

我的信（二）

叶子：

看完你的信，已是深夜。我听到隔壁好友迪苇的鼾声，看到老挂钟已经把指针指向了零点，但我毫无睡意，我在给你回信。其实，我没有夜晚给一个人写信的习惯，甚至已很久没有写字的冲动了，但是看完你的信之后，思绪翻涌，写字的冲动竟然那么迫切，是这些天我已等得太久吗？

现在，我感觉手指没有以前灵活，也许是时间太晚了，刚才又和朋友一起喝了些酒，但这一切不能成为我给你写信的障碍。在你信发射出的光芒中我已经无法感觉到时光的流逝和身体的疲惫。我只知道自己沐浴在幸福的阳光中。

看到你信的时候，是晚上的十一点，我的生日还没有过。今天正好是我的二十三岁生日，我没有像其他人一样开个Party，也许我已经不再习惯喧闹。其实生日对我来说早没有了意义，若不是早上母亲打来电话，我根本就记不得了。

白天我一直待在家里，我已很久没有庆祝过这个“节日”。

本以为会就这样孤独地度过生日，没想到迪苇晚上下班回来时，居然买了很多熟食和酒，为我庆祝。对了，你还不认识他，他是我大学时的好友，亲如兄弟，现在我们一起住。其实，这些年来，他一直记着我的生日，他总能在我阴郁的时候给我带来阳光。

由于迪苇的酒量不佳，没喝多少就醉意、睡意袭来。我扶着他去睡觉后，一个人躺在床上，听着晚风吹动窗帘的声音，我向着遥远的那片天空望去，不知怎的，想起了你。我想这个时候你的那片天空是否星光点点。顿时，本早已放弃期待你回信的内心，忽然又燃起了一团莫名其妙的希望之火，这希望的力量迫使我起身打开电脑，查看信箱。

你的信正轻躺在信箱里。也许是太多的失望堆砌成了希望。

你的名字显示在电脑屏幕上，那么清晰，那么深刻。那一瞬间，它仿佛布满了整个屏幕，每个角落。

这又是多么巧的一件事，是否你已经感应到了我会在生日这

天收到你的信，你送给了我一直想得到的礼物，而且只有你能给的礼物。

从读到第一个字时，我心中正如你信中所写的那样——百感交集。为什么会有这种感觉？这是我未曾体验过的，为什么你的信会给我熟悉的感觉？一切像是注定的。

叶子，你说迫切想看我的文字，其实，我只是一个平凡的爱好文学的年轻人，在寂寞中写着冰冷的文字，但有人想看我的文字，那是多么幸福啊！

在网络上堆积着我的很多文字，你可以去一些文学网站看我的文字，还有你在下次回信时附上你的家庭地址，我给你寄去我所有文字，那样可以不用很辛苦，里面有一本已出版的叫《大漠的呼吸》的小说。

小堂

2003年8月6日

自从收到了叶子的回信后，生活对于我似乎渐渐明亮起来。我开始白天试着去找点事做，晚上又重拾丢弃许久的文字创作。

周五那天，迪苇回来很早，他说他公司的同事决定隔天去集体野外烧烤，所以提早下班回来准备准备。他要我也跟他一块儿去，还特地指出上次他要介绍给我的女孩子也会去。

看来他还没放弃这事呢，“这种变相的相亲我可没兴趣。”我不以为然的说。“上次可说好了是最后一次了。”

“哎呀，说到上次，”迪苇又开始他那夸张的表演，“真是太可惜了！你不知道，那天你前脚刚走，她后脚就进了公司！”

听他这么一说，我猛的一怔——苏湉！我想到苏湉，那天我在他公司楼下不是看到苏湉了吗？她和迪苇说的会不会是同一个人？一时间，我的大脑又混乱起来。

最后，我还是答应了迪苇。即使这样的可能性太小，我也想亲自确认清楚，不愿舍弃任何一丝再见苏湉的希望。

第二天，我跟着迪苇去了金山。半路上，他又说那女孩漂亮得能够让我大跌眼镜，我不以为然地幽默他说自己可是没有戴眼镜的。

一路上打打闹闹的倒了好几趟车，终于到了集合地点。

“各位大哥大姐，不好意思，小弟来迟让大家久等了……”迪苇一见面就开始耍起宝来，“我先来介绍一下小弟带来的这位帅哥，他叫……”

“小堂！？”迪苇的话被忽如其来的女声打断。

苏湉？！我的脑子轰地一声响。我一下子就看到站在人群中的一个女孩，我简直不敢相信，真的是她？真的是苏湉！

“你怎么会在这里？！”我和苏湉几乎是异口同声。

我傻在原地，不知所措。我怕现实又会捉弄我，先是叶子的回信，再是又见苏湉，好运降临得竟是如此之快，我怕，我怕一个眨眼，发觉这一切只是个梦。我不怕死，但怕生活对我不依不饶。

“小堂？”迪苇撞了撞我，我才回过了神来，“你们认识？”迪苇用一种怪怪的眼神看着我，笑着问。

我没有回答，只是望着苏湉傻笑起来。

“认识是吧，那最好了。我就不介绍了。”

“喂……迪苇，你什么意思啊，他们认识，但我们不认识啊。”旁边那群男男女女吵了起来。顿时，我的脸有些发烫，要多尴尬有多尴尬。

“小堂，我的好哥们。”迪苇拍了拍我的肩，简单地介绍了一下，然后他们像商量好的一样，散了开去，各自三三两两地忙乎了起来，却没人管还留在原地的我和苏湉。

“呵，没想到在这里见到你。”最后我还是先开口打破了尴尬的局面。

“是啊，呵呵……没想到真的能再见面。”

我想起那天，我问她“我们可以做朋友吗？”她嫣然一笑回答说“如果有缘再见面我会告诉你答案的。”而现在，我们算是有缘了是吗？想到这里，我的脸更烫了。气氛一时间像凝固了似的。

“其实这不是我们第三次见面。”她忽然说，“有一天中午，我还在公司楼下看到你了。”

“原来你那天看到我的呀，那你怎么不叫我？我还专门跑去

追你。”

“我以为我看错了……奇怪的是你怎么会出现在我们公司呢？”苏湉很认真地问。

“其实，那天以后我就在猜迪苇说要介绍我认识的人是不是你，没想到真的是。”

“怎么？不情愿认识我？”苏湉的脸突然阴了下来。

“没，没，不是这个意思，千万别误会。”我急忙说，怕苏湉误解我的意思。

“和你开玩笑的啦。迪苇在公司把你说得是天花乱坠，弄得整个公司的女同事都想要结识你呢！”苏湉说着抿嘴一笑。

“别听他那乌鸦嘴瞎说。”我感觉脸在燃烧，不好意思地往远处望去。

“呵呵……”

我和苏湉正聊得欢，那群把我们丢下的人像是忽然想起了我们的存在，大叫着“还不快过来帮忙”；还有个家伙取笑说什么“别只顾着两口子谈恋爱了”。说得大家一哄而笑，苏湉顿时面红耳赤。

大家说说笑笑的，时间过得特别快。苏湉真的是个活泼又热心的女孩，拿着那些道具这边划划，那边转转，一点没有上司的架子，跟大家相处得很融洽。看着她，就像看一个天真无邪的孩子。

我很安静地坐在那里，望着远方。时而看着苏湉，我不由自主地想起穗子，想到穗子心就很难受，可忽而又会想起草原，想到了叶子，也许我始终属于一个更宽广的世界。

苏湉发觉我的不对劲，坐到我的身边，把她烤好的肉递给我。我笑着接过来。

“看来你对这种聚餐不是很感兴趣。”在我吃肉的时候，苏湉说。

“不是啊，只是习惯了安静而已。”我的语气显得很平淡。

“过来，带你去个地方。”她一把拉住我的手起身走去。苏湉带我到了一个布满了礁石群的地方。

“没想到这里还有这样的地方。”我听着海潮拍打着礁石的声音说道。

只见苏湉把鞋一扔，就爬上身边的一块礁石，叫我也跟着上去。然后，还顺着一块块礁石往前走，一直走到一块最高最大的礁石上才停下来。我也慢慢走了过去，坐在礁石上。

“什么也不要想，”她站在那里，静静地望着海平面对我说，“你站在这里，望着远方，然后慢慢地闭上眼，就像这样。”她说着闭上双眼，张开双臂，做飞翔状。

海风吹拂她的衣衫、裙摆、乌黑的长发，它们飞扬在半空中，发扬在我眼前，那么迷人，那么摄人心魄。这一切仿佛将我带到了童话般的梦幻中。我感觉就像是在梦中。我发觉此刻苏湉真的很美很美，我为之而心动。

突然，苏湉的脚下一滑，身子往海那边倾斜，我一惊之下忙起身一把抓住了她，说时迟那时快，还没等她反应过来，我已经一个劲地把她搂在怀里，然后努力稳住了脚。

苏湉吓得嘴唇都发白了，身子一直在发抖，当发现被我紧紧抱住时，她害羞得不知所措。等她完全站稳时，我松开了手，她低下了头。

“怎么样？还好吗？”我问。

“呵呵……”过了好一会，她才抬起头不好意思地望着我笑起来。

“我们下去吧，这里太危险了。”

“不要，你先要学我刚才说的那样做了，我才下去。”她坚持地说。

一开始我怎么也不答应，最后，还是拗不过她，没办法，只能乖乖得像蹒跚学步的孩子，照着她说的一步步做。

“现在是不是感觉心很坦荡？”苏湉问。

我闭上双眼，仰着头，张大双臂，尽量自己心里不想任何事情，确实，我感觉到一种从未有过的坦然。

之后，我们从礁石上下来，在海边散着步往回走，夕阳洒在海面上，泛着橘黄的粼光，好美好温馨。

我想到穗子，我们也曾一起在海边漫步。那一次是她要走了，

要回日本了。

穗子勇敢地望着我的脸，那是她第一次那么勇敢地望着我的脸，我的眼。突然，我失去了注视她的勇气，连正视也显得如此渺茫。在她的眼睛深处有一种沉重，沉重背后藏着慌乱与疼痛。

“你真的要走？”我是那样问她的。穗子没有回答。

我抬眼向远处望去，我看到了一只孤独的海鸟掠过灰蓝色的大海，在风雨中显得如此无助。

“你真的要走？”我又一次问她。她还是没回答。

问她的时候，回忆就清晰地站在我面前，定格在那个令人怦然心动的傍晚。我没有心动。我不敢心动，只是舌尖紧紧咬着这个早已有答案的问题。

她知道我为什么这么反复地问她同一个问题，但她不会明白我心中摇摇欲坠的期望。永远不会明白。

她更不会明白我那水晶般的期望粉碎后，将是怎样地刺痛我脆弱的心。永远不会明白。

“想什么呢？”走了一会儿，苏湉在旁边忽然问，吓了我一跳。

“没，没什么。”我勉强地笑笑，却不敢向她看去。

“你有心事？”

我没有说话，只是边走边踢细细的沙子。

“是不是……又想起那个‘穗子’了？”当苏湉说出穗子这个名字时，我傻住了，为什么那一刻，我竟然不希望她知道这个事实？

我默默的看了看她，点了点头。苏湉沉默了，没有再跟我说话，只是一个人低着头踢着沙。

后来好一阵子，我们都没有再说什么，漫无目的地走着，直到那群家伙说要回家了。

烧烤回来以后，偶尔会跟苏湉通电话，像朋友一样地聊聊天，各自谈谈周围发生的事。有时还会相约一大早去城市的公园散心。

每当夜包容我的时候，我就会迫切想念穗子，于是就打电话给苏湉，我喜欢和她说话，听她用很像穗子的声音、语气和我说话，让我痛苦的心逐渐平静下来。

就这样，时间流逝，十几天过去了。我收到了叶子的第二封来信。这是我们第一次用笔和纸写信，这是我提议的，我喜欢这种亲切的感觉，缓慢但真实。

叶子的信（二）

小堂：

这是第一次用笔给你写信，感觉无比亲切，不像网络上那样，对着一个虚幻的灵魂倾诉或者呢喃。

当我读完你的信，我有马上回信的冲动，但又犹豫不定，不敢落笔，我怕当墨水蘸在信纸上时，却不能写出什么字来，因为我无法想象你就是《大漠的呼吸》的作者刘斌。你可知道，我曾经动过很多次念头，想给刘斌写信，但没有他的地址，而今天他的信在我的眼前，我们正在通信。

我自问这是不是在做梦呢。一切告诉我不是。

《大漠的呼吸》曾经毫无理由地打动了我脆弱的心灵，让我落寞与惆怅的内心感到一份温暖。男女主人公在大漠中，在没有食粮，没有水的情况下，还是执著地追求着爱情，男主人公背着心上人艰难地行走在大漠上，最后拥抱在一起，微笑着离开。

其实我们都像生活在壳中的蜗牛，生活在这个世界上。为了生存，为了理想，不懈地努力，到头来，还是像个孩子一样天真幼稚，只是无味地在这个喧嚣、丑恶、陈旧的世界里迷惘，然后去寻找一个属于别人又属于自己的空间作为避风港。如果一生中能够有书中所描写的这么一段美丽的爱情，人生便值了。

可是这个世界总是带给我们太多的伤悲、迷惘，让我们难以将那些思想宣之于口。一天天的沉默，把自己弄得像个疯子，在世俗中无力挣扎，无病呻吟的疯子。于是我们思考，想到自己都觉得疲惫，在无穷无尽的思考中一天天苍老。我们和蜗牛又有什么区别？一辈子待在同一个地方，待在无聊的躯壳中，偶尔探头望望，然后继续慢慢爬，没有欲望，是否我们想要的所谓平凡安稳的生活就是如此？

小堂，从你的文字中看到似曾相识的孤寂，每次看的时候心里总会很难受，于是在寂寞中想着这个世界是否还存在着太多这

样的孤独者。我为此不安过、难受过，但除此之外，我又能做什么？只能在这个自己都看不懂的灰色世界里矛盾挣扎，然后站在街上茫然四顾，却望不见相识的人。

这些天，我一直觉得我们的相识确实是缘分。缘分，虽然这个词是那么难以捉摸，但若要找出第二个字来解释，我确实找不到。

我不知道我的一封信会成为你的生日礼物，可不可以这么说，这是我的荣幸？

看了你的信，我开始想到了过去，想到了死去的母亲，虽然那是些伤痛的回忆，但我不能将它们忘记。有时候我们只能选择洒脱，昨天的故事是不可能拿到今天来上演的。即使它只上演了一半，过去了，就洒脱地松开双手吧。不一定每个人都有美好的过去，更不是每次回忆都能给我们带来温馨，因此只能向前，明天还有更多的故事。

我的过去，可以是一张白纸又可以是一幅国画，因为我的过去只是做着同一件事，但它又有些花絮。这就像一滴墨滴在白纸上，除了中心的那一团还是会有溅开的部分，但那些都是无味的东西，有些人留恋，有些人嘲讽。

我不想再让它纠缠着我，于是我选择让一些故事逐渐冲淡它，虽然经常会在梦中梦到母亲，那里有蝴蝶在风中飞呀飞。

叶子

2003年8月10日

八、认识你注定是一种错误

有时候总觉得自己有自虐倾向，当财政严重危机时，只能早上睡到十二点，然后泡包方便面，一天三餐并作两餐。母亲从家里打电话来，问我过得怎么样，我总会说过得好，说现在找了点事做，可以拿到工资，叫他们不必担心。其实我的生活过得是水深火热，打我也不希望他们为了我而落下一滴眼泪。

烧烤那天之后，迪苇总是很好奇我跟苏湉的事，常八卦地打听着我们的进展，都被我三言两语打发了。可越这样他的攻势越猛烈。

晚饭后，我坐着发呆，迪苇就鬼鬼祟祟凑到我边上，我知道肯定没什么好事。果然，他又烦起我来了。

“我说老兄啊，你和苏湉最近有什么进展啊？”迪苇开门见山地问。

“什么进展不进展啊，事情不是你想象的那样。”我爱不理，心想你这小子还真够烦的，老是揭别人的伤疤。

“你还在我面前装蒜，其实两人早就认识，说不好，什么时候偷偷摸摸地海誓山盟去了。”

“你这小子烦不烦啊，说了，我们只是朋友——普普通通的朋友。”我的声音很干脆。

“可是我看，你和她在一起时挺开心的嘛，话也多了，哪像前阵子那副死样。”

“那，我承认，和她在一起有种很特别的感觉，甚至能让我敞开心扉，可这其中原因并不是你想的那样？”

“那是什么？”迪苇看着我。

“因为……”我顿了顿，然后坚定的说，“她能带给我穗子的感觉，我喜欢听她说话，喜欢和她说话。仅此而已。”

“真的没有再深入发展的余地？”迪苇还在开玩笑。

"没有，别再说了！"我斩钉截铁，而且声音大了起来。迪苇见我一脸怒气的样子，也就不再逗我。

"好好好，写报告去了，等着瞧。"他说着吊儿郎当地站起身回自己房间去了。

迪苇走后，我也进了自己的房间，躺在床上，望着天花板，莫名其妙地想起苏湉来。

是的，我承认和她在一起，能感觉到从未有过的快乐，还有感动，但我只是把她当作穗子的替身。

从一开始就是这样。我再一次对自己这样说。

也许认识她就注定是个错。

想着想着，心里乱了起来。于是戴上耳机闭上双眼，不知不觉睡着了。

第二天一早，我下楼拿报纸时，发现叶子的信正躺在信箱里，它向我召唤，向我微笑。我知道它急切地等待着主人。等叶子的信是痛苦的，而看她的信然后给她回信却是一种幸福。

我将信放在书桌上，看着信封发呆，望着信封上的点点星光，我似乎看到了隐藏在它背后的叶子的笑脸。

我的信（三）

叶子：

不知道为什么，每次给你写信总会选择这样夜阑人静的时刻。

曾经一个个这样的时刻，我拖着疲惫的身体，忘记了时间的流逝，把笔连进了自己的生命和呼吸，我很努力地写作，母亲给我泡的牛奶凉了，我还是挥笔写着。我确实找不到了停手的理由，即便疲倦让我的手都觉得酸痛。

我用生命写着那空洞的文字——颓败的青春、变质的爱情、淡淡的感伤……

我清楚有一天还是会累的，那时候应该是连握笔的力气都没有了，但我想在短暂的人生中能够留下一点痕迹，于是努力写，在写作中我是快乐的。

在你的信中把人比作生活在壳中的蜗牛，一开始我想笑，但始终没有笑出来。因为这个比喻太形象了，我们都是很柔软的动物，为了寻找快乐，将自己看成坚强，乃至牺牲很多。

长久地生活在城市中，四周高楼林立，城市中除了钢铁石头森林，还有什么？在城市里，我就如微小的个体，有时候很多人和我对视，就如与一只蚂蚁对视。

但是，这就是我的生活，我的世界，没有温暖，没有言语，只有冰冷，只有沉默。

这也许就是我为什么厌恶城市的原因，但却又无法逃脱她的怀抱。

我想象着自己在辽阔的草原上，骑着马儿自由驰骋，日出而作日落而归，看着心上人为我做好了晚饭焦急地等待在门口。

这是我的幻想中的生活，那是一种幸福的生活，美满的爱情。我多么渴望那一天能够到来，我不奢求它的永恒，只想要有过那么一刻，就已满足。

我打算过些日子以后去一趟北方，感受草原，也许到时候，我们有机会一起走在草原上、牛羊群中。

其实去一次草原并不是什么难事，但重要的是身旁的人是谁，是同谁一起把共同的足迹留在了梦想的地方。

如果有这样的机会，不知你介不介意陪在我身边？

其实从和你通信的第一天起，我就发觉我们有很多相识，我们就是千载难逢的知己。

小堂

2003年8月23日

给叶子回完信，笔还没放好，就接到了苏湉的电话。

“小堂？”苏湉的语气似乎不太开心。

“嗯。”

“现在我的心很乱，可以陪我说说话吗？”

“苏湉，反正什么事了吗？”我着急地问。

“你可以出来陪我走会吗？”

“呃……”我犹豫了，因为比较晚了。

“不方便？那算了。”

“没有，你在哪？我去找你。”

“我在你楼下。”

“啊！”我说着走到窗前，我立刻就看到了在楼下花坛旁苏湉的熟悉的身影。

我挂了电话，下了楼，走到苏湉面前。

“小堂……”苏湉一脸忧虑。

“苏湉，发生什么事了吗？”我还是担心她出事了，关切地问。

“没事……我只想和你说说话。”她勉强笑笑，“好几天没见你了，有点想你。呵呵……”

我们说着说着，她就在花坛边坐下。

“苏湉，到底怎么了？”我又一次问她。

好半天，她才说道：“我觉得很烦，心里很闷，想有人说说话……”

“发生什么事了吗？”

“……”苏湉沉默了一阵，然后说道，“出国之前，有一个和我玩得很好的朋友，我真的把他当做自己的知心好友，很喜欢跟他一起的感觉。那时候两个人走得很近，即使后来在国外也一直保持着联系……”苏湉平静下来，渐渐陷入了回忆中，“……可是，自从我回国以后，他好像忽然变了……”

“变了？”

“嗯……一直以来，我只是把他当做好哥们、好朋友……可是，上次跟他去参加老同学的Party，他居然向别人介绍我是他的女朋友……起初我并不在意，以为他开玩笑……可是后来，他就常常给我打电话，约我出去……弄得我身边的朋友、我父母都以为他真的是我男朋友……我真的好烦……”

听着她的话，我沉默了。心里忽然有一种说不出来的奇怪感觉，似乎是她的烦闷也影响了我。我怔了怔，然后才说：“那为什么不给他一次机会呢，你不是挺喜欢跟他在一起的感觉吗？”

“但是……”苏湉一下子激动地站了起来，忽然又顿住了，低下头望着我说，“其实，他人真的不错，我父母也挺喜欢他，在

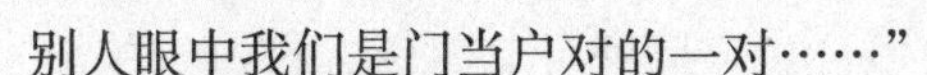

别人眼中我们是门当户对的一对……”

“那岂不是更好！”

“可是我……”苏湉想说什么又停住了，只是看着我。

我望着苏湉的眼睛，里面有一种似曾相似的情愫在流动，让我害怕。我别过脸，不自在地问，“你什么？”

“没……什么，”苏湉一脸失落的表情，说着又坐了下来，“算了，我现在很乱，不要再说他了。”

“好吧……那现在干什么？”

“你说点什么吧。”

“想听什么？”我很认真地问她。

“随便。”

其实，我最怕别人让我讲些事情来帮他们解解闷了，但在苏湉面前我拿她一点办法都没有。于是我跟她说了很多我的事——我的家庭、父母，我的学校生活、我和迪苇……突然苏湉打断我，要我讲讲穗子的事，我却不知从何说起，一脸茫然。

“我真的很像她吗？记得那次见面你把我当成了她呢！”苏湉像是看出了我的心思，于是问。

“是的。”我回答，心里却乱成一团。

一直以来，我都不敢轻易的回忆那段往事的，但不知为什么，那晚应苏湉的要求，我说了出来，从来没有那么流畅地回忆了那段往事。

我说的时候，苏湉一直看着我，用充满了某种让我害怕的情愫的眼神看着我，让我有些不知所措。

最后，天色渐渐暗了下来，我送她回了家，还答应她周末一起去海边。

到她家门口的时候，苏湉邀我进去坐会儿，我拒绝了。就在她进门时，却出奇地亲了亲我的脸颊，说着“记得我们的约会哦”就奔进了大门。

我傻在原地好一阵子。

回到家，躺在床上，想着刚才的一幕幕，莫名其妙地笑了出来。

周六一大早，苏湉就打电话过来问我什么时候去海边，从声音上可以听出她很开心的样子。

“还在睡觉呢。”我像是说梦话。

“你怎么像猪一样啊，快起来啦。”

我看了一下闹钟，才七点多，于是说：“再让我睡一会儿，下午再去，到时候我找你。”说着就挂了电话，然后调了闹钟继续睡。

十一点的时候，我被闹钟吵醒。我给苏湉打了电话，让她准备一下，出来一起吃午饭。她说都已经等了我一个早上了，我笑笑有点不好意思。

我以很快的速度整理好就出门了。

我们去“上海人家”吃了午饭，然后她要了一杯可乐，我们就一起去了海边。

海风在呼啸，海浪在拍击礁石。我站在礁石边上，望着天空，天蓝得让我想落泪。苏湉只是让海风吹拂她的长发。

“苏湉……”

“小堂……”

我们同时叫了对方名字，弄得苏湉在一边笑个不停。

“你先说吧！”苏湉边笑边说。

“没什么，我只是想叫你小心点。”

“我知道的！你放心吧！”她说着欠下身子玩起水来。

我看着她，心里感觉很幸福的样子。还记得以前，我和穗子也曾在这里幸福地偎依在一起，从日出到日落，从正午到黄昏。那时候，我希望永远这样抱着穗子，经过婚姻的殿堂，直到一起到美丽的天堂，但是这一切并不能如愿。即使穗子已经死了，我也未曾忘记过自己的诺言。

可是如今，我的生活变了，我很少再想起穗子，往往只是苏湉的出现才让我回忆起那些往事，而且和苏湉在一起，我很开心，我的话也多了，这是穗子死后这么久以来我最大的改变，也不像和叶子在信中那样说着沉重的话题。

每次站在苏湉面前，我感觉自己变了个人似的，我也会开玩笑。

“小堂，其实我们每个人生活在这个世界上就像一条条小小的

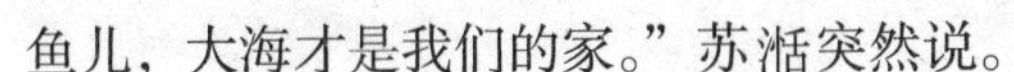

鱼儿，大海才是我们的家。”苏湉突然说。

我一下子接不上去，只有“啊，啊”地应和着。

苏湉只是笑，我却看到了无邪的笑容背后的那份沉重。

我们就这么呆着，没有太多言语，也许这一刻沉默比什么都还要好。后来，她突然问我，如果有一天，她真的从礁石上滑下去，会是什么结果。

我回答不出来，我根本不敢去想象，更不相信那种结局会在我们之间发生。

回去的路上，她告诉我，每次她一有心事，就会跑到海边，然后让海风吹拂着。我笑着说我也喜欢这种被温暖包围的感觉。

可是谁也想不到，有一天当我真的想去好好爱她的时候，她却将生命走向了尽头，她走进了大海的怀抱。我也无法想象，当初她的一句玩笑的话却真的成了自己命运的终点。

那次海边约会后，好长一段时间，我都不敢主动去找苏湉。每次她约我出去，我都以有事推辞了。其实我闷得很，只是在逃避苏湉，我怕，我怕看到她，怕自己会对不起穗子。然后，我又想起叶子，这个从未见过面的知音，我迫切需要她的文字来温暖。

有时候，我不敢和身边最亲的人说自己的心事，可愿意敞开心扉向叶子倾诉。我感觉她能懂我的心。在我最失落的时候，她能将我解脱。

好几天之后，终于收到了叶子的信。

叶子的信（三）

小堂：

收到你的来信，我正从洛古河画画回来。

就在上次给你回信后的第二天，我又一次梦见了那个一直出现在我的梦中的男孩。他的身影比从前清晰了些，他离我越来越近了。于是我就去了草原，那样我可以再次回忆起他，然后才可以将他一点点画出。

小堂，你知道吗？我真的很想能够将他的那张脸清晰地画下来，但就是很难。他的身影就像从遥远飘然而至的慰藉，将我心

灵抚摸，我对他的迫切感受不比在沙漠中行走的游者对绿洲的渴求逊色。你应该可以理解这种心情的，你告诉我他会不会只是海市蜃楼，像浮在水面上的泡沫，随时会消失，如果真是这样，我想我会从此不知道前方的路到底怎么选择了。

外婆昨天将我画的那部分画拿去给一个要好的朋友，他是制拼图的。我想将拼图寄给你，希望你能够帮我一个忙，帮我留意一下这个来自上海这个大都市的让我为之牵肠挂肚的男子。后天那个好心的大伯就会拿拼图的一部分给外婆，然后我把它和信一起寄给你。

我不敢奢望太多，我只是想证明我的一个感觉。我不想这样一个美好的梦境是个虚幻。我不想这样一个男子只是一个梦境的影子。如果有机会，我想拥有这一切。

小堂，你知道吗？你一直都在替我说话，你的文字中透露的感情正是我的内心世界。读你的文字，从来不设防，那些话是如此熟悉。我知道你在现实生活中应该和你的文字一样。在你的文字中可以看到你的影像，就如读鲁迅先生的文字总可以看到一个叼着烟斗，神色严峻的中年男子，让我们思索万千。你就是这样，让我的脑海中时刻浮现你的形象——在灯前写作，但永不定格。

我很认同你信中的那些文字。其实，读你的文字感到温暖的同时，我还能学到很多东西。你让我懂得如何去面对这个社会，如何才能将“坚持到底”这四个字演绎得淋漓尽致。

多少人又能清楚地明白这四个字的真正涵义。他们在离胜利曙光仅有一步之遥的时候还是掉头走了，更何况这个社会不准许我们在某些事上坚持到底，这是一直以来无法改变的。多少仁人志士坚持了大半辈子，最后还是寻找了另外一种方式解脱。

我突然想起了外婆曾经对我讲过老舍投湖自杀的事。老舍先生坚持了这么久，在黑暗中挺进，但他还是选择了离去，默默地。岁月的年轮已经悄无声息地辗过，但它留下的印痕还是那么清晰，留下的伤痕还是刻在我们的胸口，时常隐隐作痛，让我今天想起，总能体会到老舍先生那一刻的无奈。

小堂，你的文字总让我欣慰，因为在你的文字中读出了你在

坚持，我们不必去追究是否能将这种坚持保持到最后，只要我们坚持过，还有什么比这更重要的。

我们需要冷静、沉着。我永远站在你这边，这条战线属于我们。

我们永远是站在正午阳光下的使者，不会让夕阳将我们的影子慢慢拉长，而我更不会做筋疲力尽的夕阳，因为那时候我们已老了，我会告诫自己——我们现在还年轻。

叶子

2003年8月31日

我的信（四）

叶子：

终于收到你的信。

这些天我一直很苦恼，于是我会想到你，想马上读到你的信，我在计算着你的信应该在哪个城市穿梭着。每次读到你的信，给你回信，我总可以将一切烦恼抛开，你的身影在很远很远的地方，在很广很广的那头指引我走好每一步。而现在，我终于等到了你的信，才安下心来给你回信。

其实这一年多来，我一直生活在颓废之中，找不到生活的方向。也许你在收到这封信的时候，已经读完我的长篇小说《半弦月》，那你就可以知道了。我和穗子的故事，那是一个真实的故事。

你知道吗？在穗子死后，我终日在一种混沌的状态下，常常一个人在充满了穗子的回忆的地方徘徊。在那段时间里，我遇到了一女孩，她叫苏湉。我第一次看到她，就觉得她很像穗子，可是我们见过两次面后，好长一段时间里，我再也没有见到她了。

大概一个多月前，迪苇见我整天闷闷不乐，就拉着我参加去他公司同事组织的聚会。在那次的野外烧烤中，我竟然见到了苏湉，她原来是迪苇的上司！没想到，我和她还有这样的缘分。

后来，我们就经常联系，一起吃饭，一起出去玩。认识她以后，我渐渐变得开朗起来，也爱说话了。我发誓和她一起真的很开心，可以无拘无束，自己就像变了个人。可是，渐渐地，我开始躲避她。最近和她相处，让我不自在起来。我觉得我们之间似乎有什么微妙的情愫在流动，她的眼神中常常带着一种期待，这种期待让我害怕。

其实从一开始，我就只是把她当成了穗子，因为每次看到她，就能让我想到穗子，感觉穗子还没有离我而去，她仿佛还在我身边。可是现在……其实我知道苏湉在期待什么，可是我无法回应。

虽然穗子已经从我生命中消失了，但我们的过去始终如电影，在我脑子里不停地播放，我始终不能忘记她的那张脸。穗子死后的这些日子来，我总是会梦到自己与穗子拥抱在一起，但我的体温再怎么也无法温暖她，然后她安详地永远睡在我的怀抱中，脸上洋溢着幸福的笑容。她带着笑离开，可是这对我来说，又是怎样的伤痛。

所以，我根本无法去回应苏湉的期待。我曾对穗子发誓要跟她在一起，永不分离。即使她已离开，我也要将这个承诺永远守下去。

也许，我是一个很不现实的人，我输给了过去，一个不会再来的东西。

可是，我又该怎么对苏湉说，又能怎样去面对她，怎样和她说出这些话？我真的不想伤害她。每次看到她，我都无法说出这些话。当我看到她天真的微笑，有很多到了嘴边的话还是被咽了下去。

叶子，你说我该怎么办？叶子，给我一些意见好吗？虽然在小说中，在自己的文字中，我可以随意调侃，一旦事情到了自己身上就难了。

我无法轻易地将过去忘记。

每个人都有过去，只是每个人不同而已。过去就像一朵花，如果你栽培她，它会为你而艳，如果你不加理睬，它会一天天枯萎，然后让你后悔，我想去好好栽培她，让她只是我生命的美丽。

让我们走进彼此的心灵，做对方的聆听者，好吗？

小堂
2003年9月10日

叶子的信（四）

小堂：

不知为何，从提笔开始——准确地说是读完你的信后，我的情绪始终处于低迷状态，我坐在沙发上发呆，所有这些只因为你正承受着痛苦，你被苦恼纠缠着，而且这是我们通信以来从未有过的。这一刻，我已明白这是心灵的感应。小堂，我亲爱的朋友，我坚信我们已经走进彼此的心灵深处了。

你的痛也便成了我的痛，我会因为你的无助而忧郁，我会因为你的欢快而欣然。

小堂，我不能向你滔滔不绝地阐述爱情，因为我根本没有真正尝试过。

从你的信中可以知道苏湉肯定很优秀，能找到这样的姑娘实在不易，然而当爱情成为一种负担的时候，那永远不再有幸福而言了。爱情是一种随性的心灵追求，它是纯洁的。爱情不允许有任何一丝勉强，更不应该存在勉强中的牺牲。

也许今天我的一句话，会成为你日后懊悔的导火线，那是我不能接受的，但我又不能不说，因为——亲爱的朋友，我无法忍受你在痛苦中的煎熬，我能够想象得到你那张的焦虑、厌烦、无助的脸。

我认为你是错误的，因为你只是生活在过去中的人，这是最可悲的。每个人都有过去，很多人都有着不堪回首的往事。有人妻离子散，有人追求了一辈子换来了一个想不到的结局，但有人从容不迫地走过来了，有人在半路摔倒再也站不起来了。前者拥有了灿烂的明天，后者被历史轧在了底层，不见踪影。我希望你能选择前者，但你却一步步往后靠去，那里太危险了知道吗?

爱情这东西就是奇怪，一个本就坚强的人，如果着了它的魔，他就多了一个致命的弱点。

看了你的《半弦月》，我能深深地体会到穗子在你生命中是不可缺少的部分，可是你必须明白，穗子已经永远地离开这个世界了。不管你们之间曾经有着怎样的承诺，可是，过去不就是过去了么?

其实，穗子应该是幸福的，她已经拥有了至死不渝的爱情，这一切，都是你创造的。假若这一天降临在无论哪个女孩身上，她会起誓少活十年来换取，倘使那个人是我，我可以发誓少活二十年来拥有。

一个女人活在这个世界上，为的东西不多，美好的爱情应该是每个女人所想要的。

穗子走了，但她会希望自己带走这份爱吗？她真的希望你从此孤独一人吗？

我觉得你应该去珍惜眼前的这一切，虽然你对苏湉的感情还是不能把握，你总觉得自己会伤害到另一个人，但你忘记了一点，你已经开始在无形中伤害到苏湉这个好姑娘了。

感情像脆弱的植物，需要细心呵护。

为什么不给大家一个机会呢？

亲爱的朋友，我希望你能够走过来，从容不迫。我知道你能行的。

我在那片草原等你，等你的好消息。

PS：爱情是什么颜色的，如果忧郁是蓝色的？

叶子

2003年9月18日

叶子的日记（八）

给小堂的信寄出已经有五六天了，他现在应该已经收到信了吧。他是不是又会选择一个夜晚读完我的信，然后提笔给我回信？他现在在干什么？他还是被烦恼困住吗？他能否从我的文字中寻找到一个更好的解决问题的办法？我的文字是否能帮助他或者他根本就把它们当作一缕轻烟？

一大串问号装满了我的脑际，挥之不去。

为什么我会因为他的事而把自己弄得如此憔悴？我问自己。这应该就是知己吧。曾几何时，在我心中，他的事已变成了我的事，甚至更重要。自从他向我倾诉了他的苦，我没有一夜是能安然入睡的，没有一刻能够将心坦然地表露的。我认为只能这样做，

这才是给我身心最好的慰藉。我只想他能够早日好起来。我很想他能够告诉我一切都好了。

我想现在就陪伴在他的身旁，和他一起分担忧愁。

其实，我可以给他电话，用自己仅剩的激情将他一步一步带过来，就像带一个小孩子过桥，然而，不知什么时候开始，我会变得如此优柔寡断？那么多风风雨雨都过来了，为什么在此刻，那些勇气全部消失了。

我真想听到他的声音，几次拿起电话，触摸着键盘，想给他电话，想和他说说话，想拯救他的荒芜心田，拯救沉沦在孤寂中的他。可是拨了几个号码，又停住了手。我的脑中一片空白，我的手在颤抖，但我在害怕什么呢?

也许，他给了我电话号码，也就是想我在这样的时刻，陪他说说话，但我却输给了自己最珍贵的信心。

我害怕当电话拨通，在遥远的另一个城市，小堂接起电话，然而，我们几句寒暄后就开始沉默无语。我最害怕的就是这样尴尬的场面。

我怕这一个电话会把美好的过去打个粉碎。我怕这一次沉默会从此将我们之间加上一层隔膜，以后不能说一句话。

我还是放下了电话。

叶子
2003年9月25日

叶子的日记（九）

这些天，我真的很想去上海——这个梦中的大都市。不仅为了一个在梦中出现的男子，一个梦中的诺言，一段梦中的爱情，我还想去小堂身边，我不奢望太多，我只想感受一下他的呼吸和心跳。

今天，我才明白我已经无法离开他的文字了。

这难道就是爱情，就像速溶剂一样？我不相信。

我不可能爱上小堂，我没有权利去爱，我根本配不上小堂，我没有这种幸福。我只能守侯着一段虚幻的爱情，更不能得到小堂的爱，我不能给他想要的一切，更不能带去快乐和幸福。

其实，我无数次想着一个世界最傻的问题——我想小堂就是梦中的那个男子，他正在那片汪洋大海彼岸等待，但这种可能是微小的。

我也记不得对小堂的这份情感是从何时开始的。也许它在很早很早之前就像一个定时炸弹，深埋在我心底，因此它一旦爆发，威力是如此强，让我无法躲闪。

那是我第一次收到他的信，读完后，一种熟悉的感觉在我心中蔓延，好像这是前世注定的恩赐。我们好像就会相识、相知，这已是注定，这就是宿命。

从开始到现在，我的心中一直有一种很怪的感觉，每次读他的文字，总觉得似曾相识，似乎在什么时候，在什么地方他向我说过，然而，我无论怎样也想不起来。

也许，谁也不会知道，当我和他谈那些关于爱情的话题时，眼中总是含着泪。我不知道该和他说些什么，当我谈到要他去珍惜苏湉时，心中是一种莫名的痛，一种感觉告诉我，我将会失去曾经拥有的一切。

我怎么会有这样的感觉？我不知道。

于是，我只能告诉自己不能因为自私而让他从此后悔，我不可以爱上他。苏湉才是他的归宿。

我知道这一夜又是一个无眠的夜晚，可是我已经习惯了。每一次和小堂通信后的几天内我总不能入眠，直到他的信轻轻地躺在我的胸口，我才能沉睡，一个个美丽的梦想像美丽的花朵，悄然盛开，那么艳丽。

每当无法入睡，我就去读小堂的信，一遍又一遍，让温暖的感觉把我燃烧。

叶子

2003年9月28日

第二遍读完叶子的信已经是晚上九点了，然后在温暖中给她回信。她的信就像沾满露珠的花瓣，给我带来阵阵芳香；她的信就像那划过天空的哨鸽，给我带来心灵的静远和追求。

刚提笔，就接到了苏湉的电话，她约我去Y大学影院看电影，是安东尼奥尼1995年的作品《云上的日子》。这是我一直想看的影片，但电影院早不公映这么老的片子了，所以一直没有机会去看，这次苏湉提议去看这部影片，机会难得，我就答应了。

当我到了Y大学校门口，苏湉已经等在那里了。她站在晚风中，站在橘黄色的路灯下，笑容那么灿烂，手里依然拿着一杯可乐。我一阵狐疑，为什么她这么喜欢可乐呢？

“等了很久了吗？”我还没在苏湉面前站稳脚就问。

她没说什么只是笑，她经常这样的，我也很喜欢。

“快走吧！等一下时间来不及了。”

“好的。”苏湉回答了一句看着我。突然，我傻住了。

“怎么了？”

“没事，呵呵……”她笑着走开了，我跟在她后面。校园里，稀稀落落的学生来来往往，说着笑着，一些女孩子偎依在男朋友的肩膀上，很是幸福的样子。突然我感觉喉尖酸酸的，这种感觉真的远离我好久好久了。

正当我回想着往事时，突然，苏湉牵住了我的手，顷刻间，一阵从未有过的暖流温暖了我整个身子。顿时，我连正视苏湉的勇气都没有，我只是一声不吭地往前走。

渐渐地，苏湉把头靠到了我肩膀上，我没有介意什么，只是感觉手突然没有了知觉。我真不敢乱动一下，怕一不小心，这种美妙的感觉就是消失不见。

我们走了好长一段路，没有说过一句话，就那么安静地走着，直到站在影院门口。那里已经聚集了很多人，都是一对对情人，我们验完票进了影院。由于还没开始放映，里面乱七八糟的。我和苏湉也聊了起来。

“怎么突然想到看这部电影，它可是我一直想看的，就是没有机会，外面大影院不再公映这么老的片子了。”我坐稳后，问苏湉。

“没什么原因，呵呵……”苏湉说着又笑了起来。

“不对，肯定有什么原因对吗？”我笑着逼问，“不说，我马上走了。”我假装阴下脸来，还好以前学过表演，所以这套是我的拿手把戏。

“别……” 苏湉真被我吓唬住了，“因为……因为我上次听你提起过，昨天有个好姐妹约我一起去看，所以我……”她没说完，只是低头玩弄着她的那杯可乐，像一个小孩子。

我看着她忍不住地嗤笑了出来。她抬起头疑惑地望着我问：“笑什么？”

“笑你傻，我这么一逼供你就招了，如果革命时期，你落到敌人手里，肯定一五一十地招供，哈哈……”我说完笑得很狂。

“你……你行哦，你耍我。”苏湉说着就抓起我的痒痒来，弄得我坐立不安。

“别，别，停，停……”

“看你以后还敢不敢耍我！？”

正当我玩闹的时候，一对情人走过来了，于是苏湉也就停住手让他们过去了。他们走后，苏湉突然沉默了，我感到一阵茫然。

“苏湉，你怎么啦？”我关切地问，这是我第一次这样带着名字和她说话。

“没什么。”她回答。

“我看你有点不高兴。”我追问。

“不，我今天很高兴。真的。”苏湉望着我说，那么坚定的眼神，我却逃避了。

“对了，我好几次都看到你拿着可乐，这里面有特殊的原因吗？”我终于把这个从今天刚见到她时的疑问问了出来。可苏湉一下子沉默了。

“怎么？是不是让你回忆起什么不愉快的事情了？”我担心是问了什么不该问的问题。

“没事，小堂，我今天真的很开心，因为你和我说了很多话。你看我平时大大咧咧，衣食不愁，可这些有什么用，其实，我并不快乐。难得有几个知心的人能够分担忧愁……”苏湉说着说着停住了，然后是长时间的沉默，我也不敢说什么，我最害怕这种氛围了。

“对了，你刚才问我什么问题来着？”苏湉也感觉这气氛不

对劲，于是转移了话题。

“我问你怎么经常随身带着一杯可乐。”

“可乐能够让她忘记眼泪的味道。”当苏湉说完这句话，影院突然暗了灯光，也就是说电影开始放映了。于是我们就看电影了，之间一句话都没再说过，直到影片结束。

影片讲的是一个导演寻找自己影片的故事，因而串起了四个有关爱情的现代心情故事。四个相遇故事的开端都是如此简单，甚至让人觉得有些刻意，而四个结尾也让人感觉似结非结，但四种情感的纠葛所留下的生命韵味悠长而且延绵。简单的相遇，纠结的情感，怅然的离别……一切似乎又一次唤起了我们的往日情怀。

记得第一次看安东尼奥尼的作品是那部叫《放大》的影片，是他1966年的作品。影片的故事不大容易被复述，但能够给我们一个清晰的思想——不断怀疑自己所看到的一切只不过是我们的想象，而真相永远像一个害羞的孩子躲在家人身后一般躲在所见影像后面，然而，这些情境把我带入他设下的思考的陷阱，特别是影片中的最后那场网球比赛，活像一次幻觉的心理测试。

从Y大学回来已经很晚了，我怎么也睡不着，我想着刚才和苏湉在一起的每个细节，多么幸福！我也发觉她是喜欢上我了，可是我呢？在我的内心到底是怎样一种情愫？我不清楚，于是提笔给叶子回信。

我的信（五）

叶子：

现在是凌晨两点多，刚才和苏湉去看了场电影，回来毫无睡意，于是就提笔给你回信。

叶子，我手中挥着笔，而心中欣喜若狂，因为你把我当作最要好的朋友了，虽然我现在每天都可以收到行行色色的来自全国各地读者给我寄来的信件，但又有几个称得上真正的知己。在这个世界里，有些事需要一个人单独去面对，有些路需要我们单独跋涉。不管路有多远有多长，事情有多复杂，也只能告诉自己，独自默默承受，而有些路，是非要寻找一个人携手走完才能感受

到美妙的。

在我身上，有太多太多的事情是我独自无法完成的，而你总在我最需要你的时候出现，帮我排忧解难。

叶子，我亲爱的朋友。在漫漫的人生长途中寻找一个知己比在坎坷的爱情旅途上寻找一个恋人更难啊！

夜深了，窗外很静，给人一种冰凉的感觉，但我的小小房间中洋溢着温暖。CD机中传来的是王力宏的《伤口是爱的笔记》。为了不影响到邻人，我将音量调到了最小，但它还能在这静谧的空间中荡漾。我已经不止一次听这首歌了。

它的歌词从收到你的信后我才懂，我把它抄给你。

小时候跌倒留下的伤口
长大了以后还在
但痛的感觉
已经渐渐模糊
就像爱情
当爱人离开你
伤口变成爱的证据
久而久之
在心底汇集成一本日记
提醒自己
下一段感情
如何小心　如何珍惜　如何处理

叶子，你说得很对，我不能只生活在过去中，就像歌词中写到的那样——爱人离开之后，留下的伤口只能是爱的证据，我们要学会如何珍惜，如何处理下一段感情。我确实应该给自己和别人多一点机会。

其实，爱情就如赌博。我们在赌局中投入的精力越多，当我们全盘皆输的时候，受到的伤害就越大。然而，这就是此游戏的规则，我们只能愿赌服输，让时间，让新的事物去冲淡逝去的伤口。

我不应该刻意将自己与外界隔离。

相信我，亲爱的朋友，我已经懂得如何处理和苏湉的关系。确实，在那种伤痛的感觉中久了，让自己都无法找到一个准确的方式来解决问题，而你的信像一盏指明灯，照亮了我的前方，让我茅塞顿开。

你知道吗？我又一次被你对梦中男子的不懈追求打动，我不是在嘲讽你，而是佩服你，我相信那不只是一个梦。在这个说小不小，说大不大的城市里，一定有这个人。我已经将你寄的拼图拼上，虽然还只能看到那个男孩子的眼睛，但那双充满期待的眼睛不正是在那远方等待着你吗?

其实，你可以大胆地去尝试你的爱。爱情在每个人身上应该都是平等的，你也这么想的啊！那为什么不能勇敢地面对？虽然等待很渺茫，但那种感觉是美妙的。

我们都还年轻，我们有权利享受奢靡的爱情。

叶子，真的对不起，我为什么要和你聊这些伤心伤神的文字，但我的笔无法控制住情感啊，我觉得如果我不写出来，这种伤痛会淤积在我的血液里。

叶子，你在信中说起你死去的母亲，我明白那种痛苦。也许，我们的青春正是在这些黯淡的色调中变得有光彩；也许，这就是那些对逝者的爱，对子女的爱，在对过去和将来的爱中让我们生活下来。

没有这些爱的人生无异于行尸走肉，毫无生气。

“爱情是什么颜色的，如果忧郁是蓝色的？”这是你在上封信最后问我的。

叶子，我只想告诉你，我不喜欢把忧郁和爱情联系在一起。请你相信我，他会出现。只是时间还没有到，爱情不是你的心去撞他的心，也不是他的心来撞你的心，而是你们两颗心在某个永恒的时刻碰撞出了火花。

你不要将自己弄得很累，整天陷在忧思之中。

送你一句罗曼·罗兰的话——要想别人快乐，自己先得快乐，要把阳光散布到别人的心田里，先得把自己心里有阳光。

既然爱情是两个灵魂的接触，你就必须先让自己沐浴在爱情中。

我不想看到你整天郁郁寡欢。

你知道吗，叶子？当我听到你有忧愁，我的心总会很痛，心情随着低沉下去。

叶子，我们在前世约定，一起穿行在这世界。

我们站在青春淡淡的光辉中，我眼中的你不是你眼中的自己，也许你眼中的我也不是我眼中的自己，就是这一切，构成了我们年轻岁月中的一个个谜。

我们在一个个谜中成长。叶子，让我们在青春淡淡的光辉中，去拥抱变幻莫测的明天。

我不知道明天会是什么，是怎样一个形状，但我们还是要一步步走过去。我只能去等待那一天，那个对结果的解释，总会有一天，结果会裸露在我们的视野中。

这些天，我想通了，我应该好好想想自己对苏湉到底是怎么一种感情。

小堂
2003年10月6日

九、没有你的日子

我长叹了一声，其实，我也不敢相信自己能够一口气讲那么长，对面的咖啡馆老板艾静也缓了一口气。说实话，她是无辜的，她根本没有必要耐住性子听我讲自己的故事。

我品了一口咖啡，用一种很抱歉的眼神望着她。我看到了在她的明亮而迷人的双眸里盈上了泪水。不知怎么的，我的眼睛也如此，突然，我的视线开始模糊。

“小堂，请允许我能够这样称呼你。”艾静说。

“当然可以。”

“你是否需要休息片刻？”她见我有些累的样子，于是说。

“你是不是觉得听我这个冗长而且乏味的故事很无聊？”

“恰好相反。”

“其实，很多时候，我也感觉到这个故事很枯燥，听完它需要很多耐性。讲了这么多，它依然给人还没有开始的感觉。确实，一切还没有开始，也没有人能够看到结局。”我有点消极。

“很多故事都是在平淡中给人一种感动。”

我沉默了片刻，突然心中翻涌，迫切地想把这个故事说完。

“对了，从叶子的日记中知道她也爱上你了，可她为什么不向你坦白呢？她真是太傻了。那样彼此可能就不会那么苦了。”

“因为她怕生活，怕这个世界会捉弄她，而且她有苦衷。”

“什么苦衷，你知道吗？”

“至少故事发展到这里，我还不知道。”

“那最后呢？”

“我想方设法还是知道了，也就是因此让我们的悲剧一天天蔓延。”

“小堂，先不要告诉我结局，请继续你的故事，我发觉越来越喜欢你们的故事。”

我本以为可以好好地生活，能够和身边的每个人好好生活着，叶子、苏湉、迪苇，还有所有和我有关系，也和他们有关系的人，但一切都显得比较困难，因为我们都是需要太多太多爱的动物。

行走在这片潮湿的南方土地上，行走在校园的林荫小道上，与无数对痴男怨女擦肩而过，与无数个美好的未来擦肩而过。

一对对男女撑着伞走在多雨的城市，可为我打伞的女孩在哪里？

我生命中的那个女孩是叶子那样的，还是像苏湉那样的——就和戴望舒先生《雨巷》中那个女孩一样——撑着油纸伞，独自，彷徨在悠长、悠长又寂寥的雨巷；一个丁香一样的，结着愁怨的姑娘。我一直等着，希望这样一个女孩子在我被大雨淋湿的时候，走进我的心田，为我冰凉的心撑上一把伞，但她依然在等待一个男子走进她打着的伞下。

还有很多爱情在城市上空天天上演也天天中断。

不知何时起，我已无法摆脱对叶子的牵挂，我迫切希望早些收到叶子的信，这是惟一能够给我慰藉的方式。每次信一寄出，我的心就开始无法安稳。渐渐地，等叶子的信就成了我生命中重要的部分，我想象着上海至内蒙古到底有多少公里的路程，想象着此刻的信在祖国大地的何处。

在急切等待叶子来信的一个晚上，大概是因为前一天晚上睡不好着凉了，全身发软，额头很烫，自己量了量体温——39度多，于是就早早地躺在床上看会儿书，不知不觉睡过去了。正当我睡得有点熟，突然接到了苏湉的电话，她很着急的样子，要我马上出来见她，报了个地址就挂了电话。

我看了看手表，十点多了。

显然，我有点不高兴，心想苏湉怎么可以这么蛮横无礼，但突然想到她这么急，可能出什么事了，于是打起十二分精神跑了出去。

我以自己都想不到的速度到了她苏湉说的那个咖啡馆，在门口却看到她安然地坐在那里喝可乐，而我的惊慌只是多余的，心凉了一截。

“先生，请问几位？”服务员问我。

“找人，谢谢！”

“小堂，这边。”苏湉听到我的声音，在远处向我招手，看样子很开心的样子。

“这么急找我就是要我陪你喝喝东西吗？”我的语气有点僵硬，因为我感觉是被她耍的样子，而当时我感觉全身难受，连说话的力气都快没了。

“先坐下来嘛。”苏湉招呼我坐下，我一屁股坐了下去，正想对苏湉说点什么，服务员来了。

“先生，要点什么？”服务员问。

“给我一杯热水，谢谢！”

“好的，请稍等！”服务员说着走开了。

等服务员走开，苏湉开玩笑地问我：“陪我喝东西很不情愿吗？”她还是像以前那样笑着说。

可是她越是笑得开心，我心里越不是滋味，感觉她只是在幸灾乐祸，于是语气有点僵硬地问：“你出什么事了吗？这么急找我出来？”

“没什么！”她说着就喝起她的可乐，不以为然的样子，我心中升起了一丝怒火。

“苏湉，你到底在闹什么啊？”我大叫了起来，自己都不清楚是什么原因。有时候，我这人就是这样，为了一点小事就会大发脾气。

我这一叫倒把苏湉给吓住了，她傻傻地望着我。我也没说什么。

“小堂，你怎么了？”最后苏湉问我。

“你知道吗？我还以为你出了什么意外，吓了一跳，就匆匆地赶来了，我还发着高烧呢，我现在全身都在打着颤。”我发着牢骚，声音也有点大。

苏湉好一会儿没说一句话。我也感觉自己这个理由很白痴，但说出去的话就像泼出去的水。还好这时候服务员端着热开水来了，打破了尴尬的局面。

“先喝点热水吧。“苏湉对我说，“小堂，对不起，我不知道

会这样，刚才确实太卤莽了，我不应该那么没礼貌地挂了电话。”在我喝水的时候，苏湉向我道歉了。

说实在的，那时候我的心像一块豆腐，盯着她没说什么。

“其实，今天找你是有事的。”苏湉轻声说。

“怎么了？”

“那个追求我的男生最近一直烦我，我借口有男朋友了，他不相信，于是我今晚也约了他，等一下，你就见机行事，你可一定要帮我这个忙，好吗？”

“什么？你让我……”我还没把话说完就被苏湉打断了。

“别说了，他来了，千万别露馅哦。”她说着举起了手，我转身看到一个男生正向我们走来，高大英俊。他正向我们这边走来。

“我先来介绍一下，这位是德，我高中的同学。”当他走到我们面前，苏湉给我介绍了那个男生，“这位是我的男朋友，小堂。”她随即也把我推销出去。

“你好，很高兴认识你！”我很有礼貌地和他打了招呼，然后伸出手，心里却很别扭。

那个男的没有理会我，大概是吃醋了，但我心里腾上了怒火，心想这算什么啊。怎么一点礼貌都没有啊。

“德，你先坐下，要喝点什么吗？”苏湉说。

“不用了。”德说。

“先生，你要点什么？”服务员也来凑了热闹。

“不用了，谢谢。”德的明显是有火了。

服务员走后，苏湉开始和德大谈陈年旧事，把我晾在一边，可是苏湉也不识相，不知道速战速决，半个小时过去了，还兴致高高的，我的心里很不爽，不由自主地腾上了怒火。我清楚，那不是因为我感冒发高烧，而是一种被冷落的感觉，很差很差，我是说那种感觉证明我也是在吃醋了。

我给苏湉使了好几次眼色，但她还是无动于衷。可德好像也没什么兴致和苏湉谈那些无味的往事，一直盯着我。

最后，我实在受不了这种被当作木头人的感觉了，我感觉自己再也不能在那个场合多呆一分钟，乃至一秒钟了。于是站起身走

去了咖啡馆。苏湉也站起来追了出来。只留下德傻傻地呆在里面。

我只是一个劲地往前走，苏湉在后面问我怎么啦，我一声不吭。

“小堂，你给我站住。”她终于发火了。她第一次这么大声地和我说话，我也怔住了，于是停住了脚步，但心中的火并没有熄灭。

“苏湉，你给我听着，你玩够了没有？！”响声回荡在空气中，久久不能消散。

“我就是让你帮这么个忙，你这个男人怎么就这么小气呢！？”苏湉的声音也有点响，我们第一次这样对话。说实在的，我真的有点不习惯。

“我告诉你，我并没有义务为你做这些，如果换成是你，被人当作木头，是什么感受！”我们谁都不让谁，“幸好今天只是假装你的男朋友，如果真是你男朋友，那就麻烦了。”我说着就想走。明显我是在吃醋。

“小堂，你给我站住！”她拉住了我的手。

我没有理她，挣开她的手走了，心中怒火燃烧到了极点。

“小堂……”她站在后面大叫。

“苏湉你玩够了没啊，我告诉你，之所以我们今天站在这里说话，只是因为你能让我想起死去的女朋友，仅此而已。我想我们以后不要再见面了。保重！”等我一说出这话，感觉世界都凝固了，呼吸、心跳都停止了。我根本想不到这话会从我的嘴巴里说出来。其实，我也是一气之下。

我说完苏湉傻住了，站在那里久久没有反应过来，而我也就离开了。

回到家，我心乱如麻，坐立不安，全然不顾自己正发高烧，站在淋浴器下让水肆无忌惮地冲着自己发热的头。我尽量让自己能够少想什么，可脑子里全是苏湉。我想着她现在是不是很伤心，我想着刚才的话是不是太过分了，想着她在城市的哪个方位。可所有的这些都让我的心很痛，我莫名其妙地担心她，莫名其妙地想知道她现在的情况。我疯了，我真的疯了，其实，当我说完那句话时就疯了，我怎么会向她说出那样的话呢？

走出浴室，躺在床上，突然看到挂在墙壁上的那把红色雨伞，那是苏湉送我的，本来想找机会还她的，可每次见面都忘带了。

我死死地盯住雨伞，往事像过场在脑海中来来回回。从第一次雨中相遇，工交车站她帮我打伞，再后来的邂逅，还有海边的散步……所有的一切都历历在目。

我问自己不是答应叶子要好好考虑和苏湉之间的关系的，可我又做了什么。

想着想着，我竟然利索地给苏湉打去电话，可是她的电话已经关机了，我的心突然空了一下，像从波峰跌到波谷，又像从天堂跌到地狱。

我想她一定在生我的气，该怎么办呢？想来想去，只是心更乱，于是倒头大睡了。

接下去的几天，我的心里一片空白。以前，我每天都能接到苏湉的电话，至少一个，她总能让我很轻松，可现在呢？我想给她打个电话，但失去了勇气，我不知道接通电话后能说些什么。迪苇也看出了我的心事，问我和苏湉怎么了，我假装若无其事地说没什么。他说苏湉已经好几天没来上班了，我沉默无语。迪苇也不知道能帮上什么忙，就没和我多说什么了。

当一个人在家的时候，我就会迫切地想起她，想知道她怎样了，想听到她的声音，希望能像以前一样开玩笑，可是，这些都只是幻想了。

我告诉自己这件事本来就是她不对，为什么把自己弄得这么狼狈，可是不出几分钟就否决了这个观点。这些天来，我一直想着我们之间的琐事，又把自己的心挖空，清楚认识到，苏湉在我心中已经开始占有不凡的地位了，我也并不是把她当作穗子的替身，我真的是喜欢和她在一起的每分每秒。

我真的后悔了。难道我和她就这么完了吗？可从开始到现在，我始终没有回答我的一个问题，她说过我么如果还有缘见面的话，会告诉我能不能做朋友的。

可她没有！她始终没有告诉我答案。

无路可走的时候，我又想到了叶子。

于是，我又提笔给她写了信。

我的信（六）

叶子：

其实，想写这封信的念头是在几天前，准确地说，应该是在上一封信寄出之后不久。我总觉得和你在信中聊天根本就没有终止的时刻。真的，我想将我的心交给你，让你全部仔细地读，让你知道我的一丁点儿的琐事，让我在你面前，没有隐私可言。

这几天，我一直在等待你的来信，可始终等不到，昨天晚上，我又看了你所有的来信，我真的无事可做，我只想让你的文字温暖我冰冷的心，因为我和苏湉闹矛盾了，我伤了她的心。

叶子，我亲爱的朋友，真的很抱歉，我答应过你，说一定会好好处理我和她之间的事的，可我没做到。本来事情很简单的，都是我一时冲动，把事情搞砸了。我竟然告诉她，在我心中，她只是穗子的替身。我们现在的误会越来越大了。可是我心里真的不是那么想的，我只是吃醋，一气之下，说了那话。

这些天，我一直在想，我明白自己已经开始不能承受没有她的生活了，可事情到了这地步我真的不知该如何了，我现在连打电话向她道歉的勇气都没有了。

叶子，我亲爱的朋友，你能够告诉我该怎么办吗？我相信你能帮我，从第一次和你通信就坚信着。

叶子，你知道吗？现在的我正在发高烧，但我一握笔，那种疲倦的感觉就完全消失了，但我还是希望你能够原谅我，让你来读这种也发着高烧的文字。其实，我有千百万个不愿意，我不愿意你和我一起承担起痛苦这个重担，我只想你和我的通信能够让你感到欢悦，感到轻松，就如在听我讲一个个故事，但已经不可能了，从一开始就将这种可能化为乌有，从一开始就让我们的沟通抹上了一层沉重。也许，我可以这么说，我无法自主地选择自己的生活，我的世界也就如此，我想自己快乐些，让往事不要想起，但难如上青天，我别无选择，而且我是找不到一个倾诉的对象，于是想起了你，想到将这份心情通过信的方式释放，那样也许可以舒畅一些。

我相信你会宽恕我的自私的。

我只能选择做一点事或者找一个人聊聊，让我暂时忘记还是在发高烧。

刚才一个很久没联系的朋友打来电话，本以为他可以让我感到畅然，但没有，我只是和他幽默调侃了几句就挂断了，我确实没有什么心情和他们这些曾经的好友说话，因为我不想把自己的坏心情让他们分担，更不希望我在这种心情下说出的话坏了大家的感情。

我和他断了电话之后，再怎么也不能忍受住这种煎熬了，于是我就写信给你。真的，那一刻我很想能够听到你的声音，想你能给我安慰，但我只能嘲笑自己，你怎么会打电话过来呢?

叶子，除了你，还有谁能够懂得我悲伤，就像白天从来不会知道夜的黑，地球公转、自转从来不知道月亮的阴晴圆缺。

有时候，还是觉得在这个嘈杂的世界有一样东西从来不会顾忌外界事物的约束，那就是爱情。爱情火焰就如我的发烧，一直烧得我发了昏，从未熄灭过。

我是不是真的被烧坏了头，说话竟然也变得如此语无伦次，这也是我无法摆脱的。每次握笔给你写信，我的思绪总是如潮涌，源源不断。每次将一封信画上句号时，总还有那么多话还来不及对你说。

小堂

2003年10月16日

叶子的信（五）

小堂：

小堂，我亲爱的朋友，当我看到你和苏湉闹矛盾时，我的内心是什么情愫，真的无法用言语来表达。这次你真的伤了苏湉的心。小堂，你知道吗？你的那话对于一个女孩子来说又是多么难以接受啊。女孩子对爱情的追求往往是很纯洁又很自私的。

我觉得你应该主动向苏湉道歉，你心平气和地和她解释，我想苏湉也并不是这么小气的女孩子，况且你本来就不是故意的，

除了这样你真的别无选择。

小堂，真的很抱歉，对你的第一封信迟迟未复，然而今天又收到了你后来寄的那封信，我知道你等我的信都快等到心碎了，于是告诉自己，就算天塌下来，我也要从中抽出点时间来给你回信，原因有很多。

其一，给你写信能够给我带来宁静，让我感觉到这片天空下还有些净土。

其二，给你写信是快乐的，它能让我忘记悲伤。

其三，也是最重要的，我不能承受你在痛苦中，因为你的痛苦就是我的痛苦，你的快乐就是我的快乐。

每次读你的信，总给我一种感觉，像是读了一本书，往往比书更给我熟悉感，因为它的真实、亲切。那一个个真实的故事，一幕幕梦想与现实的搏斗，一段段像花朵一样凋谢的爱情，他们给了我惊心动魄的力量，让我在被痛苦纠缠灵魂的时候依然挺直了腰。

这也许是别人很难做到的，因为他们的心灵离我有着十万八千里，虽然他们和我近在咫尺，但你不同，你很容易做到了，虽然你和我遥隔千万里，我常觉得我们的心就如左心房与右心房的距离。

即使你的信可以让我忘记悲伤，现实中的烦恼也还是会如兰利说的“人有苦恼，正像铁会生锈一样”，我们始终无法轻易地将苦恼像泼水一样泼掉。

你在信中也说经过那些天的深思熟虑，已发觉苏湉在你心中并不是替身那么简单了，所以你不应该再让这么一个好女孩从你身边消失。她能够给你带来感动，给你带来快乐，这来之不易的机会你千万要好好把握。我坚信你不会让我失望的。

我真诚地希望你能够快乐，你快乐就是我快乐。

最近，我心情也不是很好，先就此搁笔。

小堂，我亲爱的朋友，等待着你的好消息。

PS：快乐是什么颜色的，如果寂寞是灰色的。

叶子
2003年10月24日

叶子的日记（十）

本以为给小堂写信能够安慰他，给他意见，可我真的不知道该如何将心中想说的话完美地表达出来。

信寄出已经有几天了，而我并没有像以前迫切地希望时间过得快点，而心中只是迫切地想念小堂，对他的思念超过了我生命的全部。我每天晚上想他想到难以入睡。我明白了，这就是爱，我不得不承认已经喜欢上小堂了，这种感觉好像很早以前就存在了，只是在这个时候爆发出来。

本来我想在信中告诉小堂好好珍惜苏湉，可不知为什么，我脑子里想的和笔下的东西根本不是一回事，我的手就像失去控制的机器。我明白小堂已经对苏湉有了依赖，每当想到这些，我的心就乱成一片，说实在的，我都有点讨厌苏湉，可是我又不能说什么。我感觉我的一句话，就会让自己永远陷入困境。我感觉小堂渐渐离我远去。这难道就是爱情中的自私。

这些天，我一直在读他的信，读他的书，读所有关于他的文字，只有这样，才能减轻思念的痛苦。我明白想一个人不仅仅靠意志力能够应付，我告诉自己不去想小堂，但过去还是在上演。爱情有时候变得很渺小，它像一株小草，但小草即使在大石头底下，还是锲而不舍地把自己的头探出，感受这个世界的冷暖。

爱情是一种超脱意识的追求。

叶子
2003年10月27日

叶子的日记（十一）

想了两天，我告诉自己一定要忘记对小堂的这种感觉，我想我们之间能够永远保持着这份友谊，这对于我来说，已经是心满意足了。

友谊和爱情之间其实只有那么一层纸的距离，刺破了那层纸，可能拥有了奢靡的爱情，但当爱情燃烧了那张纸，就很难保持原有的友谊。友谊是可以坚固的，但爱情是脆弱的。

我真的很害怕当我一开口，我们的过去就像一个爆炸的气球。我经受不起一点点的打击，就算我有百分之九十九的把握，但我还是怕那百分之一的可能会降临到自己的身上，我宁愿在思念中受苦，也不愿没有了他的关心。现在，我至少能够在思念中去体会幸福。

也许，苏湉才是小堂最好的归宿，她能给小堂带去一切，而我呢？只是一个累赘。

我还是去等待那段虚幻的爱情。

可是，我多想小堂一秒钟，梦中的男孩就会更频繁地出现在我的脑海里，令我往往更不清楚到底在想着谁，有时候会把他们想成一个人。这些天，我还是不断地梦到他，一天天清晰。

叶子

2003年10月29日

这些天，我简直把生活过得糟透了——既没有叶子的来信，也没有苏湉的任何信息。于是，我选择了让自己承受痛苦。

这几天，一直无所事事，我也想了很多，也许我和苏湉的性格根本并不适合在一起。真正的爱情应该是能够经得起很多考验的，可我们呢？一次小矛盾，这么多天了也无法解决。

可这么想着想着，心里又乱了起来，又迫切地想她，想念曾经的点点滴滴——每个在一起的美好时光。突然很想知道她过得怎么样。

其实，我真的不能过没有她的生活了。

我坐在沙发上不停地玩弄手机电话簿，但就是没有勇气给她打电话。

突然，手机响了起来，一看，是苏湉。怎么会是她？

我的手指很干脆地按了接听键。

可是对方好长一段时间都没有声音。

“苏湉，是你吗？”我很急切地问，好像不这样，天就要塌下来了。可是苏湉还是没出声。

“苏湉，我想你，非常地想你，第一次这么迫切地想你，想你就在我的身边，那样就足够了。”过了好长一段时间，苏湉终于开口了，“所以我还是忍不住给你打了电话。那天其实是我不对，我不应该让你那样去做，但我不知为何第一个就想到了你，这是发自内心的。原谅我，好吗？这些天来，我想明白了，我爱上你了。自从第一次见到你，就是在火车站，那天下着雨，我的车差点撞到你。那天我就发现我会爱上你的，事实就是这样，第二次在公交车站头，我特意在等你，你果然出现了，还有那次在海边，我闭上双眼许愿希望你能抱着我，真的，你真的抱住我了。”苏湉在那头一下子说了很多很多，让我都没有机会插话。

“你……”我也不知道自己要说什么。其实，我也喜欢和她在一起。

“你还记得吗？那天在公交车站头，我说如果能再见面，我就会回答你能不能做朋友，但我始终没有机会，现在我用同样的话问你，我们可以做朋友吗？”

“能！”我斩钉截铁，这一刻，往事一幕幕，我想到了很多关于我们的快乐时光，“其实，那天晚上我对你说了那话后就后悔了，后来，我想了很多，我发疯似的难以入睡。”

“小堂，我想你，迫切地想你，没有你的日子里，我才发觉多么需要你，我一直在等你电话，但你都没打来，于是我决定主动打过去，我想着如果不这样做，你就会在我的生活中消失了，我不能接受这样的结局。”

“苏湉，对不起！”

十、我们有了机会就要表现自己的欲望

“我以为我可以好好过接下去的生活的，可是一切根本不能如我想象。”我看了一眼对面的艾静，喝了一口可乐说。

“小堂，你是不是感觉有点累？”艾静看了看我问。

“还好！在我的想象中，我可以同时拥有叶子和苏湉这两个女孩子的，我是说自己会爱上苏湉，这个给我带来欢快与感动的女孩，那边又叶子这样一个好朋友，为我解忧解愁。这样我多么幸福啊，但事情能这么简单吗？”我说。

“为什么不可以呢？”

“因为从那一刻开始，我在这两个女孩的感情旋涡中打转了。”

“怎么说？”

“因为我发觉和苏湉之间有太大的差别，而我真正爱的人是叶子。”

“啊？”

“……”

事情应该是从我得知盈还没死，这个我大二时喜欢的女孩子，也就是她和穗子一起给我短短的两年大学时光留下美好的。

我和苏湉和好没几天，从迪苇那儿得知盈——这个曾经爱过我，我也努力去爱的女孩还在这个城市。当我听到这个消息时，以为自己的耳朵出了问题。当迪苇确定地又说了一遍后，我不得不承认，感觉在梦境中。我自问：她不是在一次出去采访中遇害了吗？

我傻在那里，脑子里都是和盈的过去，我想到了很多很多，想到很多个夜晚，我在校刊编辑部赶稿子，那时候穗子回日本了，我只能用赶稿来麻醉自己，而她都陪在我身边，她陪我一起录稿，还会给我带夜宵……这一切还是那么清晰地印在我的脑海中。

直到有一天，我们为了赶一期校刊，一起在编辑部办公室，赶到很迟很迟，但我们都没有倦意，我们只是很专注地录着稿子，没有说一句话。

最终的最终，我还是打破了僵局，我们说着说着，她在我怀里哭了。我们相拥在一起，那么忘我。她向我表白了，最后我们发誓不管怎样也会在一起。

可是第二天，她却突然从我生命中消失了，最后才知道她去了一个毒品基地采访。

噩耗声传来是在很长时间以后，学院主任告诉我盈在意外中去世了。你们知道吗？这是一个怎么样的消息？这要我的命的。

后来我和迪苇闹了校长室，自己申请了休学。可今天呢？迪苇却告诉我盈一直生活在我们周围，这又是怎么样一个消息，这是上帝开的玩笑吗？

最重要的是，我现在的生活已经发生了天翻地覆的改变，本以为我可以守住很多很多像烟花般灿烂的承诺，但最后呢？太困难了。因为叶子和苏湉在我的生命中出现了。

迪苇告诉我盈11月14日要去加拿大了。听后，我就像灵魂出壳。我已经能够想象到那个场景——我永远在逃避盈的眼神，她的眼神能给我一种被游街示众，老百姓向我砸鸡蛋的感觉。

于是，我想到了叶子——这个在我遇上烦恼时，第一时间就想到的倾诉苦水的女孩，我希望她能够给我一些意见，我相信她可以做得到。

我想着叶子给我的回信也许正在一个个城市穿行，在勤劳的邮递员温暖的手中传递。真的，此刻，我迫切想听到叶子的声音，也许只要她的一个声音足以将我眼前的障碍消除，然而，我怕自己在一个陌生的声音面前不能字字句句地说话，我怕我们会在电话两头一起沉默，于是彼此产生了隔膜。

我希望能够找到一种合适的方式将自己麻醉。

借酒将自己的神经麻醉？而醒来之后，伤痛还是会更清晰地出现在我的身上。

睡上一觉？当从美梦中惊醒时，还是会发现自己正孤单一人，而且正受着煎熬。

平躺在乳白色的沙发上，凝视着天花板，漆黑一片，我不想开灯。

第二天，我意外地收到了叶子的来信，我看了一遍，迫不及待地给她写信。

在她的信中，还在帮我如何解决和苏湉的事，可我现在又遇上了更棘手的事，也许叶子注定一次次指引我走向光明的。

我的信（七）

叶子：

收到你信的时候，我和苏湉和好了，可现在我碰上了更难想象的事了。

你能够相信吗？一直被大家传成已经死去的盈却始终生活在我的身边，而我一直被蒙在鼓中，生活在他们的“圈套”中。

虽然现在事情都已经成了定局，这一切已经不算重要了，一切都过去了。盈决定下个月四号去加拿大了，我不知道该不该去送送她。虽然已是往事了，但它留下的伤口依然在疼痛。我不知如何去面对盈，只要她的眼神就能将我惩罚。

于是我想到了你，因为你可以让我的世界清静，让我不去想那些繁杂的事。

叶子，我终于能够体会到那些人将两个人的相爱的感觉比作风筝和风筝线之间的关系的了，然而，失去了自己所爱的人或者在远远的地方望着自己曾经爱过的人而不能靠近又将是怎样的滋味。

我知道一个女人能够做到这样，根本就是超越了我们的想象，然而她再爱我多一点，我反而多心碎一点。我觉得现在的我和她犹如断了线的风筝，应该是谁也不能离开谁，彼此等待着能够再相遇的机会，可是风筝和风筝线只能在天空中渺茫地飘扬。

叶子，是不是我真的不能享受爱情呢？

我明白当我面对爱情时，心潮是怎样的澎湃！叶子，我亲爱的朋友，我该怎么做？

“快乐是什么颜色的，如果寂寞是灰色的。”你这样问我。

叶子，你知道吗？这个问题是一直被压在我的心底的，我无数

次想问你，却不敢，我不想看到你为我的苦恼而担忧，只要你快乐，一切就变得那么微妙，一切苦恼也便成了这个世界对我们的恩赐。

寂寞是一种痛苦，它确实让我们觉得世界到处都会是灰色的。说句实在话，很多人在寂寞与孤独中呆了很久，即使已习惯了，也会感到很难受，他也会忽然希望能够有个人站在他身边，希望那个人能够走进他的内心，他的世界，他的生命，就算是多陪他说几句话，因为这样就可以驱赶他内心的寂寞。

叶子，不要怕，请相信我，我也相信自己，只要我还有最后的一份激情，就能够将我们的内心世界变得丰富，只要我们内心丰富和充实，我们还是能够把寂寞变成一种快乐，一种幸福的。

叶子，答应我，不要把自己活得很累，让快乐常常陪伴在我们的身边好吗?

当我们有了机会就去好好地表现自己的欲望。

小堂
2003年10月30日

2003年11月15日，盈要走了，去加拿大。

我真的不清楚该如何决定，我希望叶子能给我点意见，可是她的回信久久未到。于是我决定去送盈，也许这已经是最后的一次见面了，往事一幕幕，在我的脑海中播放着。

早上醒来时，我却告诉自己不能去送盈，我不希望她离开时带着泪水，这是不是给自己营造的最佳借口？我是不是怕见面时那无法抑制的情感让彼此尤为尴尬。

我傻痴痴地站在窗台前，天很蓝。一会儿，盈就要在这片蓝蓝的天空下飞翔，而我始终不能做些什么。

突然，书桌上的手机响起，我转身扑了过去，然而，我只是挂断了电话，我不敢接。其实，我又何尝不是在等待这样一个电话。

我瘫坐在椅子上，脑中的思绪纷繁杂乱。

大约过了十五分钟，我脑子里一片乱，想下楼拿份报纸看看，却发现叶子的回信已经寄到了。

我迫不及待地打开了信。

叶子的信（六）

小堂：

收到我这封信，希望能赶在盈走之前。

我觉得你一定得去送盈，既然你也认为你们已经是过去了，那为什么要担心那么多呢？你应该更坦然地站到她面前，给她祝福。在爱情中，有人错过就不在，有些事错过也就不再了。

小堂，我亲爱的朋友，我现在终于明白你在书中所说的一句话的真正含义了——有着美好梦想的人必将受尽苦难。

虽然我一次次给你指点，可最近我也一直被苦恼困着，但当我看到你有烦恼时，我会毫无犹豫地为你排忧解难，因为在我眼里你快乐比自己快乐更为重要了。小堂，你知道吗？自从我们第一次通信，我就坚信我们会有不可思议的将来。我们好像已经相识几个世纪了。

请原谅我在你本就杂乱的生活上加上一些碎片，让它支离破碎地存在，但我真的找不到更好的倾诉对象了。

从小到现在，我经常梦到妈妈，她在美丽的天堂，那里有一个大大的花园，有一群可爱的孩子，他们和漫天飞舞的蝴蝶游戏，五彩的蝴蝶亲吻着妈妈的脸，然后歇息在她的发卷上。妈妈在那片属于她的世界里拥有着幸福，然后她把自己的爱传播给她的那些孩子们。

我又经常梦到妈妈伸手向我召唤，可我始终不能握紧她的手。

小堂，我亲爱的朋友，这不是梦，是事实，妈妈真的永远离我而去了。以前外婆都不肯向我说那段往事，每次我一提，外婆就说我父亲不要我们母女的。可前天她和我说了全部，我才知道妈妈是因难产死了，那天她用生命去爱的男人却不在她身边。我能想象母亲就像一只大雁，在病床上哀恸的样子，最遗憾的是外婆告诉我妈妈连看我一眼的机会都没。

这又是怎样的悲哀？那个男人倒好，在远方逍遥自在。他是母亲最心爱的男人，那个让母亲决定托付终身的英俊男子，那个在母亲眼中值得用生命一辈子去爱的男人，他能够做我的父亲，母亲的爱人吗？我向来不会用这种语气去说一个人的，可母亲为了她宁愿苦苦等候，宁愿自己受苦，他又给了我们什么？

对不起，小堂。我知道自己已经激动了。我真的无法再写下去了，先就此搁笔。

叶子

2003年11月7日

叶子的日记（十二）

给小堂写完信，我心里却很难受，一方面是对小堂的思念，我总感觉他在离我远去；一方面是因为我又想到了母亲。

有时候，总觉得像小堂他们这些人是多么幸福，你们拥有母爱、父爱。

“儿行千里，母担忧。”虽然他们有时候还会和父母顶顶嘴，往往只是为了一点点的小事，但这又能是什么，这可是父母与子女的爱在隐形增强，就在他们顶嘴的时候，爱散发着耀眼的光芒。

有时候，父母会打他们一巴掌，但他们可曾知道这一巴掌背后又是怎样的爱恨较量，当掌心接触到面颊时，父母心中又是怎样的矛盾。

常常父母打了一巴掌之后就会紧紧地抱住他们，这是一种爱，这是因为我们做子女的犯了错。

很多时候，我想让父母打上一巴掌，我想父母每天指指点点我什么地方做得不对，但没有了，在很多很多年前，这已经变成了一种奢望。

“树欲静而风不息，子欲养而亲不在。”

叶子

2003年11月7日

叶子的日记（十三）

昨天晚上我给小堂写信，但由于情绪激动，促使我无法继续下去。说句实在话，这次的无法继续纯粹是因为突然得知母亲之死背后的真相。

这么多年来，我一直被这种沉痛纠缠着，我期待着有一天痛彻肺腑的呐喊，然后泪水化作源源不断的河流，带着我真诚的忏悔和呼唤流向远远的地方。一个孤独的灵魂也流下了从内心淌出的眼泪，然后被一阵擦过星斗面庞的风吹干，于是我们笑了。

我终于找到了遥远地方的那个孤独的灵魂，他就是小堂。

本以为这封信只是安慰一下受伤的小堂，但想不到自己却陷入了沉重的悲伤，因为我在讲自己母亲的薄命，讲自己母亲的死。这让一个做女儿怎能心平气和。可是我别无选择。

在我六岁之前，我还不知道自己的父母到底是干什么的，到底在哪里。外婆总是告诉我他们在遥远的地方，是的，母亲在遥远的美丽的地方——天堂，外婆说那个男人在北京，像寄生虫般地寄居在那个城市，过着他的安逸生活。当我想知道更多关于他们的事时，外婆总是很生气，告诉我那个男人对不起我和妈妈。看外婆伤心的样子，我也就不忍心再问了。

直到前天，外婆才把事情的经过一五一十地告诉了我。其实，如果不是我惹生气外婆，她也不会把所有的事情都说出来的。

自从我发现对小堂有了不可言喻的爱意之后，心里一直很乱。我明知那是爱，但又害怕当我把一切告诉小堂后彼此都受伤害。我不能给她爱，也许有一天我的眼睛就会看不见，而且最近一段时间，夜来临的时候，我总感觉眼睛很模糊，所以经常不敢闭上眼睛。所以我爱小堂只是给他增添累赘。况且他身边有苏湉 这么好的姑娘。

我不能这么自私，于是每天郁郁寡欢，或是坐在阳台上喝着咖啡，或是吹吹笛子。外婆也发觉了，问我发生了什么事。一开始我都不敢说，因为当初我叫她帮忙去做梦中男孩的拼图时就很反对，她说不想让我受到伤害，但在我再三说服之下，她同意了。

我明白如果告诉她我爱上小堂了，她肯定会反对的，但我不

说心里又很难受，因为我找不到更好的倾诉对象了。

前天我看完小堂的信后突然特别想念他，却找不到任何方式解脱，于是决定向外婆说了自己对小堂的感觉。一切就如我想象，外婆竟然让我少些和小堂往来，我问为什么，她说不要问太多，听她的没错。我感觉像是当头被泼了冷水，于是和外婆起了争执，这是我第一次在外婆面前这么坚持，难道爱情真有这么大的力量？

我告诉外婆我真的忘不了对小堂的那种感觉了，也勉强自己去忘记过，但越是逼迫自己思念越是迫切，像是深深刻在心田。我以为我会感动外婆，可这一切只是徒劳。外婆很坚决地反对，为了什么原因她也不告诉我，只是说听她的没错，她不想我受伤害。

我们僵持了好久，我们都越来越激动，突然外婆昏了过去，吓得我赶忙去找邻居来，后来又送外婆去了医院，还好无大碍，只是疲劳过度又情绪过于激动。

等外婆醒来时，我握住她的手哭了，我答应她要忘记对小堂的感觉。外婆也向我讲了反对的原因，是不重蹈妈妈的覆辙，不想我再受到一点点的伤害。

叶子
2003年11月8日

叶子的日记（十四）

妈妈是在十九岁时意外认识父亲的，当时父亲从北京来满洲里写生，那天天空飘着雪，整个村庄都是雪白一片。父亲迷失在雪地里，在到绝路时发现了妈妈居住的草房，于是他上去敲了敲门，过了一会儿，门开了，出来的是母亲，她看到了这个阳刚纯朴的男子，大概二十几岁，有着一张俊俏的脸，高高的个子，当他们四目相对时，美丽的妈妈突然变得腼腆起来，妈妈后来告诉外婆那一刻，她感到身子每个部位都温暖起来。

那个男子向妈妈说了缘由，妈妈很快地就让他进屋了，看他全身发抖，妈妈赶忙给他生火，还时不时害羞地看那个男子几眼，

当时在妈妈心中却想着一个问题：他是不是就是一直要寻找的人。

那个男子在外婆家呆了好几天，他在妈妈无微不至的照料下，感受到了温暖，而妈妈也体验到了最幸福的感觉，她认定这个男子就是自己一直寻找的。可那个男子还是要走了，毕竟他属于那个遥远的城市。

外婆说，他离开的那一天，空中还是飘着雪花。妈妈站在门口，望着他的身影渐渐远去。

雪花还是慢慢地融化，融入了妈妈的血液和生命。那是想着一个人的感觉，只属于她的感觉。

妈妈站在门前，还是忍受不住分别的煎熬，跑了出来，拉住那个男子的手，将他拥人怀中。他们的泪水再也无法控制了。

“不要走好吗？”妈妈问他。可他没说什么，他清楚他必须走。妈妈也无语，躺在他的怀中，就如一块岩石躺在蓝蓝的大海中。

最后妈妈把他送到城里。

妈妈回到家，已经无法摆脱对他的思念。他的那张脸像电影般一次又一次地在她的脑中上演。

妈妈一次次自问，能不能再次见面，妈妈感觉没有他的日子没有丝毫光彩，于是只能天天站在门口，等待着他的回来，她发誓要用等待来用尽这一生。可是他再也没有出现，直到妈妈知道已经怀了我。

日子一天天过去了，妈妈的泪水流干了，思念融入了生命，可那个男子始终没有出现。妈妈很多次写信过去，可始终没有收到他的回信，直到死于难产。

外婆很反对我和小堂来往，就是因为怕有一天妈妈的悲剧在我身上再一次重演，可他忘了，我和小堂有着惊天动地的共鸣，我可以去上海找他。

妈妈是为了爱情而死，虽然她在临死前始终看不到自己心爱的男人陪在自己身边，这又是多么美丽的爱情啊，但我为了不让外婆担心选择了开始忘记对小堂的那种感觉。

叶子

2003年11月9日

看完叶子的信，我没有心思想太多了，虽然从叶子的信中可以看出她很苦恼，但我必须先去见盈。

我抓起了手机下了楼，冲出小区，叫了辆出租车。

出租车穿梭在这个钢铁城市的街上，我眼前尽是些苍凉的事物。

司机也为我着急了。他载着我找一些小道走。

我连续拨打迪苇的手机，但只有一个同样的结果——您好，你拨打的用户已经关机。难道这个世界真有这么多的巧合？我不相信。

我回拨了盈的手机。您好，你拨打的用户正在通话中。

出租车终于在浦东国际机场候车大厅前停下，我付了钱，箭步如飞地冲进了大厅。

国际航班的候机厅中人影交错，匆匆走过的各色男女就像飞扬的尘土，但我一下子就看到了那举手投足间熟悉的身影。盈正向四周张望，她是在等待我的到来吗？

“飞往多伦多的××××航班马上就要起飞了……”

我站住了，我在那根粗大的柱子后面，远远地望着盈，不知为何，顿时觉得四肢无力，无法向前迈进一步。

我看到了盈妩媚的笑容背后隐藏着的苦涩。我不敢站到她的面前。一旦我站在她的面前，我会和她说什么。一幕幕刻骨铭心的往事难道就能用一句话结束，这可能吗？

广播中又一次传来了柔和的声音。他们焦急地望着大厅中的那扇门，他们怎么能知道我正那么狼狈地躲在那根柱子后。

盈推着行李进去了，我看到了她无力的手在挥动着，最后，她哭了，在她转身的那一瞬间。

盈，我曾经的爱人，我知道自己现在是一个十恶不赦的罪人。即使你能原谅我，我也不可能原谅自己！

你知道吗？你转身而走的身影将我最后一滴眼泪包裹，成为一颗晶莹的琥珀。

你的那个眼神一直挂在了我的眼前。

盈就这么走了。我们连最后一句话也没有说，我知道也不能再说什么了。

那天，我回去的很晚。开门进去时，迪苇还没睡，坐在沙发上看球赛。

“迪苇，你还没有睡啊，看球？”我问。

“我是特意来等你回来的，又怕会打盹睡过去，只能看球。”

“有事吗？”我强忍着心中的疼痛，在迪苇面前装成若无其事。

“盈让我把这封信交给你。”迪苇将盈留给我的信交给了我，就进了房间，我也沮丧地进了房间，读起来。

小堂：

请允许我这样称呼你。本来我可以一声不吭地去多伦多，但我还是忍不住心中翻涌的情绪，再一次提笔给你写了这封信，这也许会是我们之间最后一次通话了。

我不知道你明天会不会来送我，其实，这个问题已经不再重要了。其实，写这封信，我没有想要得到什么，我只是想了却一腔热情，那份似熊熊烈火的情绪。

此时此刻，我能够清楚地明白你的心情，你是再怎么也无法想象，我还会在你的眼前出现。既然事情已经到了今天，也没有隐瞒的理由了。我就借这封信的机会，来澄清一切。

首先，请你原谅，因为从一开始，你就很无辜地生活在我撒下的天大的谎言中。我只想当你收到这封信时，不要生我的气，否则，我将无法原谅自己的。

也许让我到了今天这样的地步已不是偶然亦或一时冲动，它应该是长久的事情了，因此到了今天才这般剧烈。蕴藏在越深处而且时间越长久，迸发出来就越强烈。

事情要追溯到很久以前，也就是我选择去金三角采访。其实我不为了别的什么，我只是给自己一个离开你的机会，什么原因我也不清楚，我的心中只有一个念头——爱你就要离开你。

那段时间，虽然我们在一起，但你心中依然想着穗子。本来以为我们可以相爱，但后来才发现我只是你们之间的一个障碍。你一次次在梦中喊着她的名字，那一刻，我的心破碎了。

后来，我甚至不知道以怎样的心态、怎样的模样去面对你。

于是在那个永恒的夜晚，我选择了离开你。我只想你过得好。那是我们的最后一个在一起的夜晚。

我开始设计这个骗局，将很多人都拉进去，只是图个天衣无缝。我不敢去想象你的感觉。再后来我才明白你为了我而离开学校，当我得知这个消息后，我的心是多么痛，我后悔，我恨自己，我觉得自己就是一个犯人，犯下了无法弥补的罪恶。

其实，那以后我一直就生活在你的身边，我注视着你的一言一行，然而，看到你沉沦，我却不能将你从那个深渊中拉起来，看到你摔倒，我不能伸手将你扶起，你明白这又将是怎样一种情感。

我很想再一次走进你的生活，享受着以前的美好，但我没有做。我知道如果在这样的时候出现，只会给你带来负担。于是就这样，日子一天天过去，我的思念却一天天迫切。在想你的时候，我觉得这个世界都充满了希望，有时候我回忆过去，快乐也好，忧愁也罢，只觉得自己是全世界最幸福的人，因为有了你，因为在我的过去中多了你。

思念有时候会像一块大石头，压住了我，让我不能挺直腰。思念，在没有你的日子里，它是我生命的全部，但它也是会被冲淡的。

这是在那个有着风的日子里，在火车站。我看到你和穗子重逢，拥抱在一起，多么幸福。我只是站在离你们不远处的人群中，心底隐藏着锥心的疼痛。于是，我哭，泪水湿了这个城市，湿了我的心。

你的故事远远比我的故事精彩，也许还有很多故事将会像一把锋利的刀将我割伤，但我还是会不顾一切地将你的故事猜测，将我们的故事回忆，虽然只会给我带来悲伤。

此刻我终于明白，为什么总在悲伤的时候想起你，因为你才是我心中最深的悲伤。

小堂，请你答应我。在我离开的日子里，好好过，让自己的世界充满爱，勇敢地追求爱情，听迪苇说你认识了一个叫苏湉的女孩，她能给你带来穗子的感觉，好好去珍惜她吧。祝福你！

盈

2003年11月14日

我是一口气读完信的，但我的心在隐隐作痛，那一刻，我心

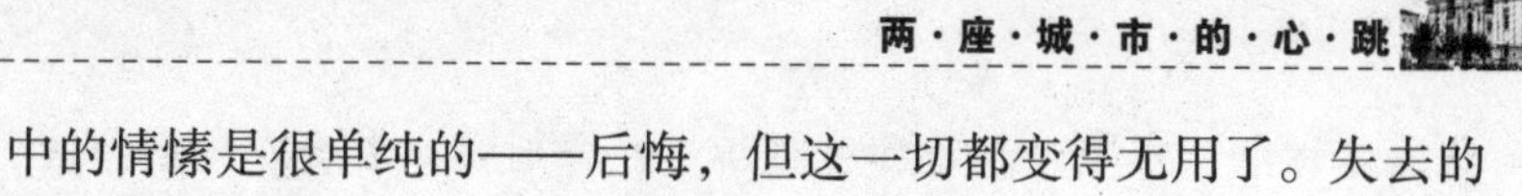

中的情愫是很单纯的——后悔，但这一切都变得无用了。失去的事情拿到后悔时再去悲伤，只会让心如刀割。

我走进了卫生间，打开冷水，我只想能够让自己清醒一点，往事却像风一样一阵又一阵地呼啸到我的眼前。我已经没有力气将下垂的长发理到上面，任冷水冲着我的身子，透过长长的头发间，望着镜子里的自己，活像一个死囚，但我依然没有把欠人家的还清。

回到房间，我想了很多，我发觉自己始终无法抗拒爱情。也许我应该听叶子说的——好好对待苏湉，这才是最完美的。我也得承认——苏湉每次站在我的面前时，总能给我带来快乐。她永远是那种给我带来阳光的女孩，并且我也感觉我已不能过没有她的生活了，虽然至今还弄不明白，那是不是爱。

理不清头绪时，只能给叶子回信，很多时候，这成了我解脱的最佳选择。

我的信（八）

叶子：

你的信很及时，当我举足无措的时候，你的信让我决定了一些事情，可是盈始终没有见到我最后一面。那天，我去了机场，可是当我看到盈的背影，竟然没有走过去站在她面前的勇气了。因为我的生活改变了。有些人过去了再也没有当初那份温存了。

叶子，我亲爱的朋友，你的信戛然而止，就像一个弹琴太投入的人，突然将琴弦弹断了，而我就像是一个听你弹琴入迷的人，突然没有了悦耳的琴声，你知道那是一种怎样的心情与反应？

读你的信就如读你的心，读着读着，心里很难受。我边读边想，想到了很多，我想到那个你描述的场面。我能深刻体会到你母亲当时的痛苦。

你没有讲完，我也深知回忆是很痛苦，但我们能够逃脱吗？这就如我们明知做人难，但我们还是要活着。叶子，你知道吗，有些伤心事不说出来只会给自己带来伤痛，倒不如把它说出来，和我一起分担。你要明白，我永远站在你的身边，为你打气。你不要怕，就算整个地球都没有了，我还是会站在你这边，下雨时我为你打伞，寒冷时我为你生暖炉。我每时每刻都会在你的身边，更别提听你讲心事。

我真想再多一点再多一点了解你，我感觉还是离你很遥远。我愿意做你忠实倾诉对象，就像很多时候你做我倾诉的对象一样。

叶子，昨天我又去买了两条金鱼，其中一只有着鼓鼓的眼睛，你知道为什么小金鱼会鼓着眼睛吗？因为它和我一样也在担心着你，彻夜未眠，然后就有了眼袋。

叶子，你笑了吗？我只想逗逗你开心，我真的很想看到你的笑。多少次，我幻想着你的笑容应该很美丽很灿烂，就像城市中央公园里的那朵最美丽的花。

我还想和你说一个顽强的女孩，她就是桑兰，那个奥运会体操项目金牌最有力的冲击者，她在跳马中失去了平衡，脊柱严重受损，胸部以下失去了知觉，医生说她可能终生瘫痪。

在全世界关注的目光前，她没有露出一丝痛苦的表情，她笑着说，这只是一个意外。一个十七岁的女孩，竟然能够透彻这般豁达这般潇洒，这又会使多少自以为穷途末路的人自惭形秽。

我们望着她没有丝毫犹豫的微笑，在这纯真灿烂的笑容前，我们怎么不会被震撼。

我们的前面还有很多路，我们还要朝着更崇高的理想和希望迈进。虽然你时常会感觉到自己很不快乐感觉这个世界对你很不公平，但你忘记了在那些不快乐背后还是有很多快乐的事啊，你还有外婆，还有我这些一直担心着你的朋友。你有这样一些关心你的人，还有什么理由不快乐，不把自己活得潇洒一点呢？

快乐点，叶子，我亲爱的朋友。

小堂
2003年11月15日

诗人布莱克说："激情和表情就是美。一张不善表情的脸就是一种缺陷，任她长得漂亮，涂脂抹粉，也只有傻瓜才会去爱慕她。"

一个女人可以不妆扮，但她不能没有了表情，如果一个女人每天就是绷着脸，瞪着一双死鱼的眼睛，那她也已经完了，她再有没有什么东西值得骄傲的了。

苏湉虽然没有那些女性的浓抹，但她能够给我一种迷恋。这些天仔细想想，应该在第一次见到她，我就对她有了一种迷恋，只是自己不敢承认，不敢去面对这个事实。因为，我一直以为自己只是把她当作穗子的替身。直到有一天，我快失去她的时候，才发觉她对自己的重要性。

可我始终不能说服自己那就是爱情。

也许我的生活彻底地被改变了，就连我的性格。不知为何，这次盈的离开，对我来说根本没有什么太大的打击。

“小堂，你小子那天怎么不去送盈？”迪苇问我。

“迪苇，其实那天我去了，我躲在那根粗粗的杆子后面，不知为什么，那一刻，我散失了见盈的勇气。”

“为什么？你为什么要这么做呢？”迪苇很惊奇我的举动，“你知道吗？那天盈很伤心地离开。”

“我清楚，但是我觉得我见了她，她更不会开心，有些人有些事，一旦过去了，就很难再有当初的美好。有时候往往留下一条退路，对彼此都有好处。”

“你已经不再像以前那样爱盈了对吗？”迪苇问得很直接。

“对，时间和现实都是很残酷的。”

“你小子可以了，男人就应该这样，想开点，好好把握眼前的。我先出去约会了。呵呵。”迪苇说着大笑起来。说完就夺门而出。

“你小子晚上回来好好收拾你，竟然知道盈没死却一直瞒着我。”我的声音回荡在房间里。

迪苇走后，我傻傻地坐着。

我和苏湉和好后，只通过几次电话，还没有见过面，突然，莫名其妙地想见她。

我打电话过去的时候，苏湉应该是正在整理头发，因为我还可以听到吹风机的声音，但当她听到我声音时，立刻把吹风机关掉了。

我可以想象的到苏湉当时的状态，应该是百花怒放、喜出望

外，就像我一样。我也为自己能够有勇气拨通她的手机号码好奇，更多的还有高兴。这是我跨出的第一步。

“苏湉，是你吗？”

“是你啊，小堂，我是在做梦吗？”从苏湉的声音中可以听出这个电话让她很意外，我知道苏湉曾经一定无数次想着我的声音，然后等我的电话已经等了很久。

“当然不是啊，不信你用力捏自己一下。”我开玩笑地说。

“哎呀，痛……”

“你还真捏啊？”

“当然啊，你叫我捏的啊。”

“你好傻啊。呵呵，不和你开玩笑了。”我还真为苏湉的可爱发笑。

“其实，我真的有些不习惯你和我开玩笑。”苏湉终于回归了正常。

“怎么会这么说？”我疑惑地问。其实，我也不大适合开玩笑。

“因为你在我眼中始终是很正经的，真想不到你会打电话给我，还和我开玩笑，这对我来说真的是无法想象的，刚才那么一捏，把我所有的疲劳都像赶鸭子一般赶走了。”苏湉在那头很开心地说着。

“我也不相信自己会有勇气打电话给你啊。”这可是我的真心话，“工作很忙吗？”

“不是啊。”

“那……”我支吾着。

“那什么？像你这样的贵人应该是无事不登三宝殿，不会这么开明专门来电话帮我解解闷吧？”

“你觉得呢？一定要有事才能打电话给你吗？这也难怪，我从前在你们眼中应该就像一只孤傲的孔雀，为了向你们证明自己的所在，把羽屏张得大大的。”

“你错了，在我眼中你总是一个很虚心的人，很少会把自己内心世界呈现出来。”

“那你想听隐藏在我内心深处的那些故事，从而更多地了解我

吗？”说这话的时候，我都感觉很别扭。

“只要你愿意。”

“那，那你呆会儿有事吗？”我终于把今天打电话最主要的目的给道出来了。

“没有啊，正在为没有事干而苦恼呢。”苏湉的声音有点皮，我仿佛想象到了她嘟着嘴的样子，那么可爱。

“那正好，出来见个面吧，好吗？”当我说出这句话时，我能够感受得到我的全身在颤抖，握手机的手没有了感觉。我觉得自己真是有些语无伦次了。

“好啊，什么地方？什么时候？由你来定吧。”我也能够感受到苏湉也很激动，但她是女孩子，还是保持住了那份含蓄。

“那就八点你来我这边吧，在人民广场地铁站出口处，到时候给你电话，怎么样？”

“好的，不见不散。”

挂了电话，突然感觉我的世界明朗了不少，因为我的心明亮了。

最近邋遢惯了的我今天还是整理了一下，然后就在那里等待那个神圣的时刻到来。七点，七点一刻，我算着从我的住所到人民广场到底要多少时间，我不想迟到一分钟，但我不习惯早到，因为我讨厌那种等人的滋味。

到了七点三刻，我打的出去了。

当我到了人民广场，八点钟还差四分，但我没有在指定的位置看到苏湉，顿时我不由自主地心跳加快。

我站在地铁出口处，四周张望，但还是不能见到她，她还在车上，或者是她已经到了。又看了看表，确实没有迟到啊。

时间如流水般地过去了，但我还是没有看到苏湉。

此时此刻的地铁站出口处，人来人往，熙熙攘攘，但就是没有看到苏湉。突然，我想到了一个很有建设性的问题，我们没约好是哪个出口了，以前和朋友约总是很自然地去五号出口，想到这里，我真想站在车流中被撞死，我恨死自己了。

忽然，我的手机响了，但只响了一声就没有了，我拿出一看，

是没有电，被关机了。我想着刚才打电话的肯定是苏湉，因为我没有和她说清楚，到底是哪个出口了，她肯定很急了。最不可思议的是我竟然到现在还没有记住苏湉的手机号码。

我想到了迪苇，他应该知道。

我怀着最后的希望去了公用电话亭，打了电话回去，迪苇不在，我打他的手机，但他也关机，最后的希望也没有了。

我恨不得把自己捏成灰。我又想到了苏湉在那里焦急等待的模样。

我失望地在每个出口处转，但我都没有见到苏湉。

我看了看表，已经八点半多了，苏湉肯定会生我气了，上次刚原谅了我，在短短的几天里，我又犯了错，我越想越乱，但还是不顾一切地在几个出口间跑。

突然，我看到前面一个人匆忙匆忙地小跑过来，我使劲全力，没有撞到那个人，可是我脚扭了过去，身体重重地摔在地上了。一阵疼痛从手臂、大腿、脚腕开始传遍了我的身子。

“你……”

“你……”

我们几乎是异口同声，我望着站在前面的苏湉，她也用诡异的眼神望着我。我简直不敢相信在我面前的人是苏湉。

过了一会儿，我们回过了神。

“你没有事吧？”苏湉蹲下身子关切地问。

“你说呢？呵呵……”我忍住痛站了起来，“真是对不起，我把地址说得……”

“先不要说了，让我看看你的伤口。”苏湉一眼就看到了我手上的伤口。

“没事的，小伤口。”我想把身体支撑起来，但一下子又坐了下去，因为我的脚腕疼得厉害。

“怎么了？”苏湉关切地问。

“好像扭到脚了。”

苏湉没再说什么，只是很轻很轻地帮我揉着脚腕。我望着她，不知道为什么，心里升上了一股暖流，让我像是坐在云端。苏湉

也抬头看了看我，四目相碰时，我们都有些害羞，很快低下了头。

“差不多了，差不多了。”我叫苏湉先歇会儿。

“还有手臂上的伤口呢。”苏湉说。

“小伤口，没事的。”我故意推辞。但她故意往我伤口上轻轻地拍了一下，疼得我快叫出来。

“疼了吧，还说小伤口，真是的，什么小伤口大伤口，只要是伤口就应该包扎一下，在你手上是小伤口，但我的心上有了大的伤口啊！”苏湉在一边嘀咕一边用尽力气把我搀扶起来。

她把我搀扶到旁边的石凳上坐下。

“你先坐好，我去买瓶水。”苏湉说着就走开了。

不一会儿，她拿着一瓶水和一包纸巾回来了。

“把衣服弄弄好，我来先帮你把伤口洗一下。”她用母亲对小孩的语气和我说话，弄得我很想笑。我望着苏湉，她低着头为我擦拭着伤口，多么细心的一个女孩子啊！那一刻，我真的很想拥抱她。

“嘘嘘……”突然我嗤叫起来。

“干嘛？”苏湉疑惑地望着我问。

“可以轻一点吗？疼啊。”我皱着眉头，指了指手臂上的伤口说。

苏湉朝我笑笑。

“刚才真的很对不起，我竟然把地址说得这么模糊。”在苏湉帮我擦伤口的时候，我向她道歉。

“你不要和我说你是紧张，你们男生就是这样，失信了就跟我们女生说谎。”苏湉说，很认真的样子。

“我……”我想说什么却不知道该怎么说。

“你怎么？”苏湉追问。

“我真的是一紧张顾不上那么多了。”我过了很久才说出了这句话。

“还说！”苏湉把拿手帕的手拍到了我的腿上。第一次看到苏湉在我面前撒娇，真的，她撒娇的样子真的很可爱，她撅起的嘴真的很美。她说完就把自己的脸藏在了飘逸的长发后面，我就像在欣赏一部韵味深长的电影。

“哎呀……”我叫了出来。

“怎么了？”

“这里有伤口，还说你心中有很大的伤口，那怎么会不知道我到底哪里有伤的。”我也第一次在苏湉面前撒起娇来。

“哪里，哪里？”苏湉急切地问。

“这里，这里。”我拉起了裤腿，在苏湉面前把自己装成像是个小孩。

苏湉还是那么小心地帮我擦拭伤口，我看着她。突然，她也看着我，她眼中闪着奇异的光芒，她的目光直接进入了我的心灵，像一阵风，像一束光，把我的心完全征服。

过了许久，我提议去喝点东西，于是苏湉搀扶着我走。我觉得很幸福。

苏湉说在火车站附件有家很有个性的咖啡馆，于是我们坐地铁过去了。

到了那里，我一下子就被吸引住了，首先是店名——Luna，但我也没说什么，跟着苏湉进去了。

我要了一杯绿茶，可是苏湉还是叫了一杯可乐。我很奇怪她为什么会叫这种饮料。她也好像看出了我的心事，用疑惑的眼神望着我。

“是不是觉得为什么我又喝可乐啊？上次不是告诉过你了吗？”苏湉说着说。

“对！”我点了点头，“苏湉，你知道吗？刚才我给了打了电话，只响了一声就没有了，我还以为你是在我的身边，故意挂断了我的电话，然后我就在找，但找了半天，还是找不到。我又接着打了几个，都说已经关机，我的心突然一阵凉，我在想你是不是又在逃避我。”我说着苏湉只是笑。

“我忘记了把电池换上了，我刚才可急了，于是打了电话给迪苇，想问他你的手机号码，但他关机，因为我是很少记这么长的数字的，从高中开始就讨厌数学。那时候，我心里很乱，于是在这几个出口间跑了好几次，但都不能见到你的身影。”我说得津津有味。

“我也一样，我是想到了这点，于是也在这之间找啊。”苏湉终于接话了。

“如果不是刚才碰上你，你会对我怎么看？”我盯着她问。

“还是一样啊。”

“真的？哎呀，我真的很笨，既然都是一样，还白白摔了一跤，现在还疼的。”我又开起玩笑了，在苏湉面前，我总感觉自己像是变了个人似的。

“你还贫嘴。”苏湉有点凶地看着我，“但说真的你还疼吗？”

“当然了，不过还好，有了你这样细心的照料，还会疼吗？”

“你再说我就不理你了。”苏湉腼腆地笑了，真的很喜欢看她的那种笑，到现在还是很想再看。

“我罚自己喝一口茶。”

苏湉没说什么，就是笑。

过了一会儿，我像是想到什么似的：“苏湉，我很喜欢这个店的名字——Luna，你觉得呢？”

“我感觉很好啊。”她这么一说我们突然就没话了，很长一段时间后苏湉对我说，“小堂，我给你取个英文名好吗？”

“什么？”我很惊奇，一个是惊奇她为什么要给我取英文名，另一个是惊奇她到底会帮我取什么英文名。

“Blue！因为我喜欢大海！”

“很美丽的名字。我喜欢！”

“真的吗？”

我点了点头。可她没叫过我这个名字几次，一切都变得不一样了，现实太残酷了。

那天，我们聊了很多很多，和苏湉在一起我真的很高兴，她能够给我一种阳光的感觉。让我每当孤单的时候就想起她。我真的很想她能够每天陪伴在我的身边。从第一眼看到她，我就觉得她会给我一种很不一般的快乐，真的，她做到了，我也感受到了。

十一、总会有那么一天

“苏湉确实是个好女孩子，我还是常常为她这种对爱情的宽容而感动。”在我休息的片刻，艾静说。

“你这话什么意思呢？”我有点惊奇，因为我从艾静那话里可以听出她们已经认识。

“既然事情到了今天，我想也没有什么必要再隐瞒一些事实了，你一开始不就对这个咖啡馆老板产生兴趣吗？你说是一个忧郁的男子，而苏湉说是一个女孩。”

“是的，这能说明什么吗？”我更疑惑不解了。

“其实我和苏湉是很好的朋友，这个咖啡馆是我和苏湉一起开的，我们当初开这个咖啡馆都为了一个人，我就是为了我现在还一直在等待的男孩，苏湉就是为了你。你知道吗？”

“你说的这些可都是真的？”我感觉自己像是沉睡了很久很久，突然被惊醒。

“现在的店名——Blue，也是苏湉取的，其实在她心中早就知道了一切，只是你还一直蒙在鼓中。”

我一下子傻在了那里，脑子里一片空白，原来苏湉的这种结局都是她早就意料到的，她注定要回到大海的怀抱。

“小堂，小堂……”艾静在叫我，我却没有心思去听。那一刻脑海里都是苏湉。

“小堂。”艾静又叫了我一下。

“啊！”我突然回过神来。

“你没事吧？”艾静关切地问。

“没什么！”

“你是不是有点累，需要休息一下吗？”

我喝了一口可乐，说：“可以！”

“如果不介意的话，听我讲讲关于我的故事吧。”艾静考虑了

一会儿，说。

“不介意！”

“那是我上大学一年级下学期的时候，我恋爱了，但我只是单相思，我爱上的只是幻觉，从开始到最后，我们之间只有用眼神交流，直到他出国。我清楚他是知道我一直暗恋着他的，因为我好几次碰到他时，他的脸总会不由自主地红起来。

小堂，你也知道，在高中，父母亲管得严，他们只要我们好好读书，即便你想考虑私事，父母也不可能同意，因此，我就在那种没有自由、激情、快乐中度过了高中，然后考上了上海一所名牌大学。

进入大学之后，由于长期在压抑的氛围中生活，我还是处于那种困惑状态，读爱情也还是一片空白，但自从他的出现，将我的心扉打开了，让我尝试到了爱情的力量，知道了什么叫做思念。

午后1：28，我在地铁站等待地铁。

地铁是一个容易上演的地方，但地铁也是一个有故事的地方。

这种时间应该上人流多的时刻，我看到了那边拥挤的人潮，然而我却一眼发现了一个男生，在离我大概三米外的地方站着，与众不同。

他的脸藏在那头秀美的长发里，一条褪得已经分辨不出是蓝是白的牛仔，白色的T恤衫。他低着头，脚有节奏地跺着。当时，我的脑中就是一种情绪，为什么一直在梦中出现的男生形象会在我现实生活中存在。

地铁进站了。我来不及看他最后一眼，他已经进了车厢，我等地铁开动后时，故意四处寻找着，但当我转身时，他却站在了我的身边，我们四目相碰时，我的脸红了，他没有说一句话。那一刻我终于看清了他的脸，一张多么俊俏的脸。当时，我的心一直在跳。

过了两站，由于人更多了，我们之间的距离在拉近，但我的心也在加快了跳动，突然，我感觉到握着扶杆的左手一股温暖，原来是他握住了我的手，顿时，我觉得我是全世界最幸福的人。

我不敢动一下手，只想他就这样一直握着我的手，如果需要什么去换回那一刻的永恒，我会毫不犹豫的。

他还是离开了，在我家的前一站他下车了，当他松开那只手

时，我知道我的心也有一丝凉意。

我望着他的背影消逝在那个拐弯处，一句话都没有留下。

我们还能够再一次见面吗？这样的邂逅能够有结果吗？当时，我的脑中只浮现着一首歌中唱的字眼——“不在乎天长地久，只求曾经拥有。”

然而，上帝没有亏待我，但也就是这些机会，让我的心在沉沦。

自从那次后，我每天在午后一点多就在地铁站等待他的出现。幸运的是，在一个星期后的一个午后终于等到了他的出现。他还是站在那个地方等车，一样的装束，然后我们还是站在一块，但彼此没有任何言语。

接下来，好几天我都看到他，但后来的四个月，我没有看到他，但我还是坚持去等待。那时候，我迫切地感觉到一种失落感。在见不到他的时候，我想着是不是他已经发觉了我在暗恋着他，然后他故意在逃避，事实确实如此，在他出国之前的那封信里告诉我他在逃避。

也许是缘分，在四个多月后的一天，我在校园中发现了他，经同学之口，他是大三的广告系的学生，平时不多话，听说是他失恋了，他的女友死于事故。

他经常会在黄昏的时刻拿着一张照片在校园中那个无人问津的角落傻坐很长一段时间。我就远远地望着他，后来在信中才知道他早就发觉我的出现，但他没有向我说什么，因为我长得像极了他死去的女友。

地铁进站了，我们一起走进了车厢，然后在他下车的时候，他送给我一封信。我把信揣在怀中，深怕被任何人抢走，而心一直在跳。

当我看了他几万字的长信时，已经是深夜了，然后我哭了，人生第一次坚强地哭了。他还是去了死去的女友梦想的国度——法国

我只是在幻觉中生活着，但我心满意足了。

我告诉自己，要一直等待，等待他的再一次出现。”

当我听完了她的故事时，心却无法平静，因为我仿佛在自己的故事中漫游。

“原来你也和我一样，在苦苦的等待中。“我说，“你还在等待他吗？”

“只要他还在这个世界上，我还会等待，一直等下去。”艾静说得很坚强。可我却沉默了。

“小堂，可以讲你的故事了吗？”艾静觉得不大对劲，于是对我说。

“可以了。”我品了一口咖啡，继续我的故事。

由于和苏湉约会扭了脚，脚腕肿得像个大馒头，好几天都不能走，苏湉经常在公司打电话问候我，问我的馒头是不是小点了，说完就在那边开怀大笑，她还让迪苇给我带来消肿的药水。

晚上，迪苇回来时给我带来了吃的喝的，还带来了叶子的来信。

“小堂，有你的信。”迪苇前脚还没迈进房间就大叫了起来，我更夸张，弹了起来，全然不顾脚腕还肿着。因为我知道那信肯定是叶子给我写的。

“小堂，你小子没事吧？早上还说自己脚痛走都走不动的。”迪苇也被我的举措呆住了，但马上反应过来，把信藏在了身后。

“你小子想干嘛？把信给我！”我的声音有点硬。

“谁给你写的？看你这么紧张！”迪苇说着翻着信箱看，“满洲里，叶子！”

“快给我！”我说着把信抢了过来。

“谁稀罕你这信啊，这么紧张！”迪苇说着走进房间去了。

我也进了自己的房间，拆信看了起来。

叶子的信（七）

小堂：

读完你的信，知道你没有去见盈，你叫我又能说什么呢，但我不是没话说，相反的，我是有了太多太多的话不知道说哪一句好。我哪能停笔，我知道在那个遥远的地方，有我心爱的人儿，正等待着我的信，等待着我已经快乐的消息。

小堂，你的信给了我很大的力量，你的那些话让我感觉有一种无形的力量将我支撑着，让我对未来怀着无限的美好。我们彼此已经成了双方的安慰和信心，还有勇气。

首先请你原谅我的鲁莽，我上次实在是不能好好调整自己的情绪，那时候我的心中是一阵乱麻，所以无法继续写信，因为我不想把更多的忧愁带给你，我只希望你能够和我分享快乐，因为你本来就应该是快乐的。只有你快乐了，我才会快乐起来。

你能和我一起分担快乐，痛苦在我的眼中就变得微不足道了，痛苦也就可以被战胜了。

有时候，总是搞不清生者与死者，到底是谁更痛苦。我觉得生者更加不幸吧。

小堂，我亲爱的朋友，现在我已经没事了，我真的想明白了，妈妈那只是美丽爱情的升华，虽然她死之前还盼不到那个男人的出现，也不能看一眼自己至死不渝的爱情的结晶，但在美丽的天堂还是很幸福，我每次在梦中都能感受到。

当外婆向我讲完这个妈妈的事后，我真的被她的坚强而感动，如果有一天，我也能拥有这样一份爱，那该多好！

我想我要好好珍惜一直出现在我梦中的那个男子。小堂，就在收到你信的那天，我又梦见了他，他终于停住了脚步，他站在空空的街头，就像一棵魁梧的树独立在荒漠中，然后他抱着我哭了。虽然我不能看清他整张脸，但我已经满足了，因为当他抱我的时候，我感觉自己拥有了这世界所有的快乐与幸福，那是一种怎样的感觉，我真的不知道怎样用言语来表达。

“相信我，将你信赖的双手伸向我。”

他用手轻轻地擦拭着滑落在我的脸上的泪水。

“看，那是美丽的天空，在那下面有一片海，那是我们的归宿。”

因为感动，我又一次落下了泪。

他只是微笑着，一动不动。我真的拥有了这份爱吗？

他在哪里？我一定要找到他。

PS：天空是什么颜色的，如果海洋是蓝色的。

叶子
2003年11月23日

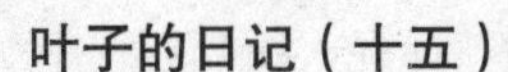

叶子的日记（十五）

当我收到小堂的信心情依然高涨，有马上给他回信的冲动，可是握紧笔的手始终不敢前行，只要一提笔，我的笔就像在逐渐陷入深渊。这些天，我想清楚了，只有和小堂断了联系，结局才是最完美的。可是我不能克制住想他。思念是一种很玄的东西，在它面前，我们无所适从。

我也想过能够去说服外婆，让她同意我和小堂在一起，或者更低的要求，只要让我们继续通信，可是每次当我站到外婆面前，想和她说出心里话，但始终没有勇气，我不想再给外婆带去压力。于是我只能自己受思念之苦，每天坐在阳台上喝着咖啡或者吹吹木笛。

我和小堂就这样结束了。曾经的欢快，曾经的忧愁，就在这个平凡的日子里变为乌有。我也一无所有了。小堂曾经答应我会为我选择那个梦中的男孩子的，可是我和小堂再也不会有联系了。最后一部分的画昨天外婆已经寄给她的朋友了，过一段日子我也能看到完整的拼图了，可是我不会再把最后的那部分寄给小堂了，我想必须彻彻底底将小堂从我生命中忘记。

小堂，我亲爱的朋友，真的对不起。

叶子

2003年11月25日

我的信（九）

叶子：

读完你的信已经是深夜了。

虽然现实对我是很不公平的，但我不相信它对你会是苛刻的，像你这样有着顽强的追求的女孩，它怎么忍心？你在我心目中永远是最坚强的，你知道吗，当我读完你的信真不知道说什么好，我更不敢想象如果我是在你那处境，我会不会也能像你一样走过来，从容不迫。

每个人都有自己不同的人生轨迹，每个人也没有固定的人生轨迹。所有的希望、美好、幸福、成功、奇迹都是在我们的手中创造的，首先不要给自己一个沉重的枷锁，只要认为自己能行，一切不可能阻拦得了你。

多少人患了重病，得了绝症，但他们还是顽强地活下来，然后真的有奇迹。

我坚信，他不会是一个梦幻，他应该是一个真实存在的人，他就会在你的身边，只要你不要灰心，你一定可以拥有爱。

“天空是什么颜色的，如果海洋是蓝色的。”

叶子，你问了我这个问题，我想告诉你天空也是蓝色的，因为你们彼此相爱了。

爱，可以让遥远的距离变得接近。爱，可以让冰冷的心变得火热。爱，把这世界装饰得如此绚丽。

爱上一个人应该有很多方式，你这样只是一种形式而已。我们不要强求一定要和喜欢的人走在一起，其实，远远地望着自己心爱的人开心自己也就开心了，也是一种幸福。

每个人都有爱与被爱的权利与义务。爱，就像春天早上美丽花朵上的露珠，它是纯洁的，但它只会停歇在美丽的灵魂上。你们有着世界上最为纯洁美丽的灵魂，你们应该相爱，谁也不能否认你们会有爱。

这么多经历下来我应该能够得到一些经验了。叶子，我现在倒越来越相信自己曾经想过的一句话。有着美好追求的人最终应该是幸福的。

虽然我觉得生活无聊，但我和苏湉走在一起了。苏湉应该是个好女孩，我不能因为自己对过去的逃避而放弃了对现实的面对。

我们现在很好，我能够在苏湉身上找到一种感动，那应该是一对在恋爱中的恋人的感觉。

是的，我们都应该拥有爱，拥有幸福。我相信当你把所有的拼图寄到我这里，我拼上时那个人就会出现在我的面前，到时候你就可以来上海，你就可以真的去享受那种爱的感觉，然后我会

为你感到快乐。因为我对说过很多次，你的快乐就是我的快乐。相信我，相信自己，总会有那么一天的。

小堂

2003年12月1日

给叶子回好信，好长一段时间，我不想做任何事，我更不知道自己想做什么，毫无睡意，心里乱得很，在给她的回信中第一次有这种感觉，真的很可怕。我不是没话可说，而是有话而不知如何完美地表达，至于什么原因，我也捉摸不定。

在一段时间以前，我和一些交往密切的朋友都停止了联络，而这之间的原因都是我，也就是这样一种感觉，我觉得他们的心在渐渐离我远去，然后只剩下我在担忧。

然而，这一切只能令我面对他们的心情故事不能发表一句属于自己的话。与其写着违心的话，不如不写，那样更能令自己感到痛快。

我突然感觉叶子将会从我的生活中消失，我们以后将不能再写信了。

我希望这只是我的错觉，或者这只是短暂的感觉。因为我知道我不可能离开她的文字，我无法从对她的依赖之中逃脱出来了，很多时候，我都是在她的文字中进入梦乡的。

后来我躺在床上翻来覆去想了很久很久，终于弄明白是因为叶子告诉我她要一直等待梦中那个男孩子。

当我看到这里时，心底腾上一股醋意。

我真不知道自己的脑子里想的是什么，以前口口声声说着爱上一个人不需要任何理由，但我又能怎样将这句话演绎。其实，爱上一个人就是那么一瞬间的事，就是那么一种奇怪的感觉。不管我们曾经是怎样的，有了感觉的那一刻，一切就显得不足挂齿。

爱情来得很突然，爱情它不用太多的语言，不用太多的牺牲，只要有几句投缘的话；爱情不一定需要相恋的人每天手拉手，只要心在一起，相隔有多遥远又能说明什么。有了一种感觉，到最

后能不能在一起有什么关系，因为当我们回忆这段感觉时心里会有甘甜，这已经足够了。

我对叶子就是这样一种情愫，每当我情绪低落时，我会第一个想到她，这也不仅仅是朋友那么简单，我发觉对她有点动心了，可我告诫自己我不能爱上叶子。

苏湉和叶子给我的是两种截然不同的感觉，也许从一开始我和叶子也可以这样轻松地聊着，只是我无从选择，我把我们的聊天定格在了沉重的氛围之中，让彼此都很痛苦，但也就是这种痛苦让我忘记了一切，而苏湉，她总能给我带来感动与快乐。

每次站在她的面前，我感觉就很开心，感觉有很多很多话要说。

可是我真的不知道该如何处理自己的心情了，我的生活陷入了困惑。于是我每天在家闷着，苏湉约我，我都找尽借口推辞，这边又想着叶子会不会再给我写信。

就这样，时间一下子过去了十来天，叶子的信久久未到。

迪苇似乎也看出了我的困惑。

“小堂，这些天，怎么都没和苏湉出去约约会啊？”他在倒水的时候问我。

我没回答。

“怎么，两个人闹矛盾了？”迪苇那小子还在逼问。

“没有呢！”我假装很坦然。

“那又是怎么啦？”这小子还不死心。

“我感觉自己应该好好静下心来想想在穗子死后所发生的事情。”我终于说出了心里话，这真的是我目前最想做的事情，我要好好整理一下自己的心情，想想叶子和苏湉在我心中的地位。

“怎么啦？”迪苇有点不解。

“迪苇，你肯定也感觉到苏湉已经对我有好感了，是吧？”

“对啊，我们都看出来的。”

“正是如此我才困惑，我承认每次当她出现在我的面前，我就很幸福，很快乐，在没有她的日子里，我也会很想她，特别当上次我们闹了矛盾，那段时间我真正体会到她在我生命中的重要性。”

“那不就是了吗？”

“可是我始终不能坚信那就是所谓男女之间的爱情，也许……”我也不清楚自己想说什么。

“不要想那么多，小堂。”没有等我说完，迪苇就打断了我的话。

“迪苇，你听我说……”

“没事的，慢慢来吧，一切会好起来的，先去睡觉吧，睡醒了一切都好了。”迪苇第一次这么感性地和我说话，让我感觉危机重重。

其实，我想告诉他，同样在这边，叶子对我也很重要，有时候她成了我生命的全部，虽然我们没见过一次面，可是我们心灵时时刻刻在碰撞，撞出火花。可迪苇没有给我机会，他掐断我的话自己进了房间。

十二、当你孤单时你会想起谁

“后来你和叶子真的就再也没有联系了嘛？”艾静问。

“不是，我后来发现我已经爱上她了，没有她的日子，我就如上刀山下火海，我整个身体像是在熊熊烈火中燃烧，可是我始终叫不出声音。”

“可苏湉呢？”

“我也不能没有她，可是我对不起她。”

从我给叶子寄了回信到现在已经有十几天了，如果像平常那样，我应该可以收到叶子的回信了，可是我每天定时去查看，始终等不到叶子的来信，我越来越不敢相信自己了，我感觉叶子真的要从我的生活中消失了。

想到这里，我的心头不禁冷了一下，我感觉很可怕，我害怕我的错觉会是现实。

房间里静得可怕，突然电话铃声响起，我差些跳了起来，这一切像是在播放恐怖片子。

但是我还是急忙去接了电话，也许我一直在等待着这么一个电话，我更希望对方的声音会是叶子，可自己想着都觉得可笑。

打电话来的是一个编辑朋友，是以前我写专栏的杂志编辑。他说今天晚上七点到上海，让我出去碰个面，因为好久不见了。于是我也就答应了。

挂了电话，我却出奇得很想念叶子，想想圣诞节快到了，于是想去满洲里见叶子。因为我一直梦想着去草原过圣诞节。

在我幻想中，当站到草原上，看着一望无际的白雪，那又多美好啊！

当我接到编辑，帮他安顿好之后，恰巧接到了苏湉打来的电话，我和她说了正在火车站这边，她叫我在那边等她，马上就到。

无奈之下，还是答应了。

我等了差不多一刻钟，苏湉还是没有来，我就给她打了电话，她说正在地铁隧道，马上就到了。我心想她这次怎么会坐起地铁来了。我又站在那里大概等了一会儿，就看到了苏湉，我马上向她打招呼。

“真不好意思，让你久等了。”苏湉刚在我面前站稳就向我说客套话了。

“不要这么说，我就在这边啊，所以会来得及时，否则我可能会让你等很长时间的。”我开玩笑地说。

“无所谓啊，我还能等得住的，但你好像每次都比较准时。”

“你想知道跟你打完电话后一直在想什么吗？”我故作神秘地说。

“不知道啊，想什么呢？”苏湉很兴奋的样子。

“你猜！”

“想我，呵呵……”她说着笑了出来。

“当然想你啊。”我说好，苏湉死死地看着我。

突然，我浑身不自在起来，于是继续刚才的话题：“你知道我想你什么吗？”

“啊！想我就想我，还要想我什么的吗？”苏湉既惊喜又撒娇。

“当然！”

“那我真的不知道了。”

“我在想你大小姐今天怎么会坐地铁，以前不是一直宝马的吗？”说完我故意远离她几步。

“喂……你笑话我是吗？”苏湉说着就想打我，幸好我有了思想准备。

“不是这个意思，千万别误会。”我停住了笑。

“谅你也不敢！对了，你今天晚上在这边做什么啊？”

“一个很好的朋友来上海下火车就去接他啊。”

“男的女的？女朋友？”苏湉在问这些问题的时候一直笑着，我最喜欢那天真无暇的笑，像个孩子，“我是不是很无聊？”

“是以前的恋人。”我假装正经地说。

我说完苏湉一下子傻住了，从表情上看，她好像有点不高兴了。

“骗你的啦，一个湖北的编辑朋友，来上海参加一个会议。”我带着哄她开心的语气说。

“你真是朋友多。”她的语气有点怪，显然还没从刚才的玩笑中解脱出来。

“多一个朋友多一条路，总比多一个敌人好，而且我以后还有事会求他的啊，写作者最不能得罪的就是编辑了，也就是他们才让我最近腰包稍微鼓了一些。”

“这样说你是为了私人利益才去接他，拍他的马屁？”苏湉一下子又回到以前那种状态了。

“……”

“开玩笑，你怎么会是这样的人？”苏湉说。

“理解万岁。”

“那你怎么不去陪陪他，带他出去逛逛啊。”

“为了赶你的时间啊，再说人家已经是常来上海的人了，上海也就像是回老家一样，也许比我还熟呢，还有一点最重要，我前面还有一个大美女要带我去喝茶，这个光不沾不是很浪费？”我又开起她的玩笑。

“你再胡说我可要生气了。”苏湉又开始撒娇起来。

“好，我罚自己一个巴掌。”说完我真的打了自己一个巴掌。

“你还真打啊，你怎么这么傻啊，我从来没有见过你这么傻的一面呢。”

“我也没有见过你这么可爱的一面啊，大家算是扯平了。”

“可是你牺牲了一点皮肉之苦。”

“你请我去喝茶，算是补偿啊。”

“好的。”

就在我们的谈话中我已经跟在苏湉身边走了很多路，我进入很熟悉的路。

后来我们穿过了一条街，在街的尽头处停下，苏湉说到了，我们还是去了Luna咖啡馆。当一进去，里面才真是叫我停止呼吸，抽象的壁画，精致的工艺品，优美的音乐……也许上次来，我受了伤，没有心思去搭理这些，可是今天，这一切让我神往。这也许是我去过的咖啡馆中最好的一个。

我们坐定之后，我叫了一杯茶，苏湉还是可乐。

“苏湉，不知道为什么今天觉得这里比上次来看有了点特别的地方，这真是一个有品位的咖啡馆。”我先打破了沉静。

“大概你上次受了伤之后根本没心思仔细感受了。”苏湉真是懂我的心思，我被这么一说顿时没话了，坐在那里四处张望。

“你不知道的东西还很多呢。”苏湉说着笑着。

“我觉得里面的装饰很有品位，这里的老板肯定是一个爱好艺术的人。你说他会是怎样一个人，我们猜猜好吗？”我突然想出了这个点子，好像很有意思。

“我觉得她应该是一个女孩子。”苏湉很干脆地回答。

“错，我觉得他应该是一个留着长发的忧郁男子。我们看不到他的眼睛，但它一直放射着光芒。”我说着，一直盯着苏湉。

“那就照你说的吧。”苏湉说好微笑了起来，多么美丽的笑容！她好像有什么事情隐瞒着我，但我顾忌不上这些了。我只感觉洋溢在这种氛围中很幸福。

“那你为什么会喜欢这里啊？”我看了好一会儿突然问苏湉。

“因为我喜欢这里墙壁上那些艺术画，让我又想到了以前在法国留学时的酸甜苦辣。”苏湉若有所思地说。

“其实，我也很喜欢法国艺术的，我总感觉它很神秘。”我津津乐道，突然我看到一张草原的壁画，“苏湉，你看见那张草原图了吗？”

“哪张？”

“就是那张。”我指着左边角落里的那张壁画，“你喜欢草原吗？”

“喜欢！”苏湉坚定地回答。

“一直以来，我都喜欢草原，我喜欢它的辽阔。好多次，我都梦见自己站在草原的晚风中，看着夕阳，伸开手，感觉天被托在自己手心上。”我说着，脑海中浮现那个美丽的画面，“我有个笔友，她叫叶子，她住在内蒙古满洲里，在她给我的信中，我能感受到那个画面很美很美，但遗憾的是，我至今都没有去过草原。”

“你笔友？”苏湉显然对叶子有了兴趣，因为她从来不知道在我生命中有叶子这么一个女孩。

“对！我认识叶子是在网上，只因为她的一篇文章，但我却发现了她文字中给我带来的共鸣。她是我最聊得来的笔友，有时候我都发觉自己难以摆脱她的文字。我是说，没有了她的文字，我竟然会难过。”

“啊？你们认识多久了？”苏湉的表情突然严肃了起来。

“和认识你差不多吧！就是第一次在火车站前遇见你，后来你消失了，我认识了叶子。”

“那你们现在发展到什么程度了啊？”苏湉很认真地问。

“什么什么程度啊？”我笑着说，“只是一个笔友而已啊，你想哪去了啊？”

“没，没，呵呵……”苏湉的脸顿时红了起来，而我却不敢说什么了。我又在想圣诞节快到了，要决定去见叶子。

那天，我和苏湉在Luna咖啡馆坐到很晚才离开，我把她送到门口，正要离开，她去叫住了我。

“小堂，过几天就是圣诞节了，我们再去一次海边好吗？”

“啊？”我拍了一下自己的头，“我要……”其实，我想和苏湉说些什么，因为我早就打算好，这个圣诞节要去满洲里，和叶子一起去草原。

“千万要记得哦。”苏湉没等我说完就打断了我的话。

“苏湉，我……”不知为何，突然我不知道该怎么和苏湉说出这个决定。我明白很多女孩子都把圣诞节看得很重要，特别是恋人。也许在苏湉眼里，我们正在热恋，可是我始终无法弄明白自己对她是不是真正的爱。

“记得哦，这两天我可能会到外地出差，你在家好好等我，圣诞节那天我找你。”

“苏……”还没等我反应过来，她已经跑得很远了，留下我一个人傻傻地站在原地。

接下去的那几天，应该是我这辈子最痛苦的日子，因为我不

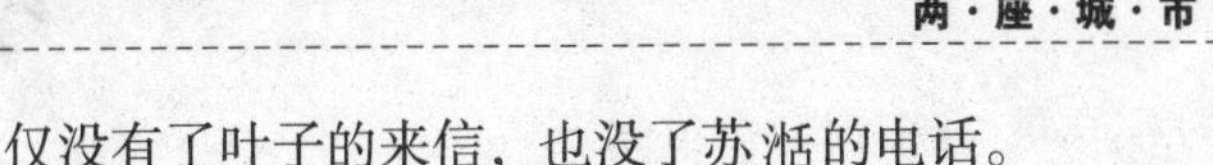

仅没有了叶子的来信，也没了苏湉的电话。

我也时不时地给苏湉打电话，我想告诉她我决定圣诞节去草原，去见叶子，可手机一直都是关机。

于是，我的生活狼藉一片，就像丢了魂似的。我问迪苇苏湉有没有去上班，迪苇只是摇头没说什么。

在12月22日，我终于做出了决定：我要去草原，因为去草原一次并不难，最主要的是和谁一起走在风儿直来直去的草原上。

我也明白，在我心底一直藏着一个梦想——有一天能够和叶子一起站在草原，仰望蓝天，感觉天空就被我们托在手心上。

我是24号早上的飞机。23号晚上我没有睡好，脑海中时常想象着叶子的模样，虽然我们没有见过面，但我猜想她应该是那种脸上没有什么化妆的痕迹，素面朝天，就如出水而不染的芙蕖，还有非常灿烂的笑容，一双很明亮的眼睛，像一颗星星在闪烁着光芒，话不多，当我们对视的时候，我会像触电一般。

当我见到她的时候，我会是怎么样的反应，我不知道。我告诉自己还是不要想的好，反正这个问题很难想清楚，因此我很快就忘记了这个问题。我现在想的只是快点见到叶子，那些事已经不再重要了。

我觉得在飞机里的时间很长又很短，我真的不知道过了多少时间，我的心已经飞向了那片草原，我的心已经被和叶子见面的那个美好画面带走。

我出了机场，打起了精神，我决定马上去叶子所在的满洲里，接着和叶子一起去草原玩，去零距离接触我向往中的草原，投入到她的怀抱。

在去满洲里的车上，我已经帮自己想好了打电话时的台词，而且反复琢磨，想着怎样才不落俗套，怎样才不会让彼此的第一次通话变得很尴尬。

“叶子，你知道我是谁吗？”我故意逗着说。

这时候的叶子应该很好奇，她肯定不会猜到会是我，于是她就会问我是谁，然后我就报上名来，接着电话那一头会传来叶子甜美的笑，那是一个富有磁性、像水晶那样清脆的声音。

“你知道我现在在哪里？”

“在家？还是……”叶子很惊奇地问。

“都不是！我想你一定猜不到，我现在正感触着你们这座城市的呼吸和心跳，那种感觉好强烈，让我忘了时间的流逝，忘记了地球的运转，就像无数次在你信中感受着我们两座不同城市的心跳。”我说得很煽情。

“我是在做梦吗？你真的在满洲里？”

“是啊，我现在就在这个我向往的地方，还有，我现在真的很想见到你。”

“好的，你现在在哪里，我马上去找你。”

“好的，我现在……”我想着车已经到了满洲里。

走在这个城市的大街上，我觉得自己是很幸福的，就因为有了和叶子见面的机会。我穿梭在人群之中，我觉得自己是出类拔萃的，全世界的焦点就在我的一笑一颦中，大家都用羡慕的眼神望着我。

突然，我撞到了一个女孩身上，我抬眼看了看那个女孩子，一种熟悉的感觉向我袭来，好像在我身边呆了很久很久，但我始终想不起它源于何处。

我根本想不了那么多，忙低头赔了不是，旁边一位老人就带着那女孩也就走了。

当我走开一段路，突然感到心有点疼痛，那种感觉是在读叶子的信时才有的，但我也顾不上那么多就离开了，因为我迫切想见到叶子了。

我去找了一家旅馆安顿下来，然后给叶子打电话。

大概是下午三四点了，我想先通知叶子，然后一起去吃个饭，然后就讨论明天去草原玩的问题。

在我想打电话的时候，我却意外地接到了苏湉的电话。

“小堂，你在哪里？我打你家电话怎么没人接？”苏湉接起电话就急切地问。

“我，我……”我突然想到那天晚上由于太激动了，为了安慰她，毫无顾及地答应了苏湉，今天陪她去海边的。可是这几天一心想着去见叶子，根本没把这事情放在心上了。

“你在哪里啊，我都准备好了！”

“我——我在满洲里。”我真不敢说出这句话。

“什么？你说什么？”苏湉不仅是惊奇，而且有点愤怒。

“我去满洲里见笔友了，就是上次向你提过的叶子。”

“可是你答应我的呢？小堂，小堂，你告诉我啊。”苏湉显然有些激动了。

“我没答应你啊。”我也说出了真实的感受，说完这话突然觉得自己像个无赖。

“那天晚上分开前，我不是和你说好，我们一起过圣诞吗？今天是圣诞前夕之夜，我……”苏湉想是还想说点什么，但最后还是停住了。

“苏湉，对不起。其实那天晚上我就想告诉你这个决定的，我……”

“我不想再听你说，以后也不想再见到你。”还没等我说完，她就挂了电话。

我回拨了好几个电话，她已经关机了。我心想：她一定很生气，是的，我确实太令她失望了，但我想到了叶子，心里还是舒坦了些，我想苏湉要生气我也没办法，只能回去后找她解释吧。

于是我就在旅馆里给叶子打了电话，号码是有一次她在信中告诉我的，响了很多声还是没有人听电话。我失望地挂了电话。过了五分钟我又拨了一次，还是没有人听。

我有点急了，感觉心像落了空。我突然感觉命运又会捉弄我。一种莫名的失落袭击着我的身子，让我感到疲惫。

五点多，我想着叶子现在应该回家了，因为晚饭的时间也快到了。我始终不敢拨这次的电话，就像以前等待叶子的信不敢打开自己的信箱一样。后来我还是拨了，现实又是和我想象的不一样，我真的有点失望了。

我一冲动准备去她家找她。我很利索地整理了一下就出了旅馆。我拿着已经抄好的叶子的地址，问了一个当地的人。

那个妇人看了这个地址后就用疑惑的眼神看着我。

“阿姨，您知道这个地址吗？”我问。

“你是她什么人？”那个阿姨很诧异地看着我，“她好像没有什么亲戚啊。”

“您认识她们吗？”我又问。

“我就住在她的楼上。”

“是吗？那太好了，我是叶子的一个远方朋友，我正好过来玩，就过来找她了。”我好像看到了一线希望似的。

“不知道她这几天在不在，小伙子你先等我一下可以吗？我去那边买一点东西，回来带你一起去。”

“当然可以。”我笑着说。

到了叶子住的那幢楼，我却愣在了那里不敢往前迈进一步，我觉得只要走一步，世界会一片黑暗。我在想这样没有事先通知过去会不会太冒昧，叶子是不是已经准备好了，她是不是能够接受我来的事实。

“干嘛，上去啊，她家在四楼。”那个阿姨在我身后说。

“哦，哦……”我也不知道该说什么。

我还是跟在那个妇人往上面走，这让我想起很久以前一直做的梦，我跟着一个女孩走进一个很深很黑的巷子，那个女孩好像触手可及，等我想伸手抚摸她的秀发时，她就会消失，我好怕好怕，但我还是跟她去了一个四面没有门窗的房间，里面都是一个个女人的裸体，不一会儿就有人用硫酸将她们腐蚀。

我总会吓得尖叫。

在恍恍惚惚之中，我还是走到了叶子所在的四楼，我真的很害怕，我不知道该不该按下那个门铃。我不知道见到叶子后会是怎样的一种心情。

最后，我还是按了下去，过了好久还是没有人出来开门。我继续按了几下，结果还是一样的。

“小伙子，你找谁？”在我焦急等待开门的时候，叶子家对面的那户人家正好开了门。

“我找叶子。”我看了看，是一个妇女。

“你是她亲戚？”

“不，我是叶子的一个远方朋友，正好路过这里就过来看看。”

说完我感到很惊奇，为什么她们都会这么问我？

“那你是来不对时间了，叶子今天早上和她外婆一起去外地玩了，可能要很多天才回来，你告诉我你叫什么，哪里的，等她们回来时我帮你说一下。”当我听到那句话时，我感觉被一根棍子敲了头，久久不能反应过来。

“哦，哦……我是上海来的，大婶，谢谢您了。”

“上海？大老远的，好不容易来一趟的，那真是太可惜了。”

“没什么，也是顺便经过，于是就想过来看看叶子。”

“还没有安定下来吧？那就先进屋坐一会吧。”那个大婶很热情地招呼我进去坐坐。

“不了，我已经在附近找了家旅馆。我先走了，大婶，再见。”

“那走好啊。”

回旅馆的路上，我突然想到早上被我撞上的那个女孩，难道她就是叶子？我一下子这么想，但很快又否定了，不知为何。

满洲里的人真是太热情。我想着叶子一定也会和他们一样——对我很热情，但为什么世界上这么多巧合就会发生在我身上。我沮丧地飘在满洲里的大街上。我又一次有了一种灵魂出壳的感觉。

为什么？老天，你为什么总是一而再再而三地捉弄我，难道你就不能怜悯一下我们这些有着美好向往与追求的人，难道你就不能对我们仁慈一点吗？我不要多，只要一点，那么一点啊。

现在我恨自己为什么来之前不打个电话通知叶子一声。

没有见到叶子，我感觉这个旅途已经失去了意义，我来满洲里的目的就是在于见叶子，可是这一切是没有什么戏了。

我想到了回家，因为我的心已经像是装入了冰窖。

第二天，我搭上了回上海的火车，可在火车站我却又一次看到了在满洲里撞倒的那个女孩，当时距离很远很远。

后来赶时间，就上了火车，在火车上，我想到苏湉，于是给她打了电话，还是关机的，大概还在生我的气。

十几个小时的颠簸，我终于回到了上海，可心里像是蒙上了一层灰，感觉世界空荡荡的。

回到上海的第二天，我又给叶子打了电话，但还是没人接，她还在外面玩，可她不会知道，我去满洲里找过她。

我应该相信命运的安排，我不可能去改变注定的一切。

回到家，我还是想到了苏湉，给她拨了电话，还是关机。我甩开包，重重地坐在沙发上，长长叹了一口气。

我想着也许我和叶子本来就没有缘分，也许我们只能活在虚幻的世界里，而苏湉，自从第一次闹矛盾后，我就感觉我们的性格差别太大了。虽然认识她之后，我也学会开玩笑，学会笑，可她始终不能改变我骨子里的东西，而且我们始终无法改变比爱情更现实的东西，比如汽车，房子，银行存款，学位，事业等等，还是缺一不可的。

现在很多爱情都是如此，一开始我们以为它会是多么美丽，但这只是一种想象中的美好。爱情和婚姻之间还是有着一段很漫长的距离的，什么誓言，什么约定在那个时候只是几句空话了，多么永恒的美丽爱情也还是经不住考验，最后夭折了。

九十年代末的爱情还是和三四十年代的爱情一样，始终无法摆脱一些束缚，门当户对依然像一座大山压在很多人的头上。

我始终认为自己不能配得上苏湉的家庭，虽然她从来都不在意我这些，她也从未向我说起这些，但事实就摆在我面前，她的家境让我毛骨悚然，望尘莫及。

所有的这一切让我连接近苏湉的信心都没了。

很多时间里，我想着用这段感情去填补内心的空虚，去掩盖过去，可是我害怕到最后还是伤害了苏湉，我已经不敢轻易地去开始一段感情了，还有我怕我不可以给苏湉带去快乐与幸福。

当我把这种顾虑化为乌有的时候，想好好去珍惜与苏湉的这段爱情时，我却发现自己爱上了另一个人了，那就是叶子，每当我孤单时，第一个想到的人是叶子，而不是苏湉。

也许苏湉只能给我带来感动和欢快，但单纯的感动和爱情是有本质的差别的。

其实我要的只是像叶子那样的温暖，虽然我们连面都没见过。

可是我以为我会好好去爱叶子，可是，事情并不是我想象的那么简单，我的生活开始在这两个女孩子身上旋转了。

十三、蓝色的梦境还是被惊醒

回上海第三天晚上，迪苇没加班，就坐在边上和我聊了起来。

“小堂，最近和苏湉怎样了？”这小子装傻地问我。

“没怎么样！”我随便回答了一下。

“真的？”

“你这小子到底想知道什么呀？！”我有点不耐烦地说。

“她都告诉我了。”迪苇说。

我知道苏湉和我之间发生了什么事，肯定第一个找迪苇的，但还是装傻地问：“谁告诉你什么啦？”

“女孩子嘛，靠哄的啊。”迪苇没理会我的问题，管自己说。

“我给她打过电话了，但她关机，现在她应该很生我的气。我想我们并不适合在一起，我觉得我现在应该好好想想现实中的形形色色。”我也不再与迪苇兜圈子了。

“不要这么小心眼，我早就感觉到你们很匹配的了，来，有什么要说的，自己说清楚。”这小子说着拨通了苏湉的电话。

我没办法地拿住了电话。铃声响了四声，对方接通了，但没有说什么。

“苏湉，是你吗？”对方还是没有声音。

“我知道你在听，你不说话可以，但希望你能耐住性子听我把事情的经过解释一遍，我不是故意放你鸽子的，只是圣诞节去满洲里是很早的决定，我一直想见见这位帮我排除忧愁的女孩，仅此而已。也许你现在感觉我的话一点都不可信，但我还是要说，我承认从一开始，我就喜欢和你在一起，很轻松的感觉，可是我们在性格上有很大的差别，自从认识你，我改变了很多，我变得爱说话，但那也只是和你在一起的时候，因为你的每一次出现，总能给我带来感动与惊奇。我今天打电话给你，并不想得到更多的什么，我只想你能原谅我一次。如果你能原谅，就说句话好吗？”我一口气说了一大通，但是好一阵子，对方还是没有声音。

“我要说的也说完了，如果你不能原谅我，我先挂了。”我等了大概十秒，苏湉。我也就挂了电话。

“不行！”我向迪苇使了个眼色。

“你小子怎么说话的啊？”

“迪苇，有时候，爱情容不得太长的时间考验，一旦时间长了，它就变得不再新鲜，爱情应该就像刚从果园中采摘的水果。”

“只不过小矛盾而已，她气一消就没事的。”迪苇还在坚持着自己的观点。

“我觉得应该好好想想和苏湉之间的关系，我不想再一次伤害这么好的一个姑娘。其实爱上一个人也不一定要讲究表白不表白的，只要彼此有了相投的感觉，爱情就会像顺水推舟，生米也会很快煮成熟饭的。”

“既然你也知道这个道理，你就应该好好对待啊。你知道吗？你这样很伤一个女孩子的心的。”

“其实，我也很想去珍惜这份来之不易的爱情，可自从决定去满洲里那一刻才发觉，我已经爱上了另一个人。一个通信的女孩，就是叶子。那几天，我每时每刻都在揪心，我弄不明白叶子和苏湉在我心中分别是什么地位，直到有一天，我让自己的脑子尽量清醒，尽量简单，并且让自己处于很寂寞的境界，我才发觉在我最孤单的时候想到是叶子。我不知道也叶子之间现不现实，这是不是一份真爱，但每当想到她，我的心中就会像有一只活蹦乱跳的小鹿，起伏不定。”

“你相信这样的爱情？”

“我也不清楚，爱，应该是满足另一个人的精神需要，世界上很多人都认为自己有爱，但到后来才知道自己是爱上了一个根本就不爱自己的人。也许我对苏湉的爱是一种自私的关爱，也就是说，我只是想通过对她的这种关爱来减少对另一个人的思念。”我说完低下了头。

“爱情本来没有自私与无私，更不会存在谁欠谁，谁对谁错的区别，哪个在爱情中的人是不自私的，谁不是想象着拥有心上人的一切？”

“我确实对苏湉有一种迷恋，但对一个人的爱应该是出于内心的。我只想对一个人好好的。”

“这个就要看你自己的了，我相信你是可以的。兄弟，来，击掌，不管你怎样，我都支持你。”

“先帮我保守这个秘密，我不想让苏湉这么快就受到伤害，虽然现在正是离开她的好时机，可是我还是很依赖她对我的那种关怀，也许有一天，这种感觉消失了，我的生活也就变的黯淡了，我不想那一天到来，我希望能够永远拥有苏湉这么好的朋友。”

“好的，但你一定要好好处理，慢慢来。”

那一夜，我回味着迪苇的每一句话，那是一个知己打心底说出来的真心话，这样的疗伤应该比喝药要好得多。

我觉得世界上再也没有什么比爱情更让人害怕的东西了，就像再也没有什么比失恋更能刺伤人的了。明知它身上带着刺却要硬着头皮去碰。明知失恋是举世皆然的痛苦，他们还是会去恋爱。其实，爱情和友情就是一层纸的距离。

后来，我还是每天给苏湉发消息，但她没回，也没有给我打电话。我只想她能够原谅我，至少我们可以做朋友，因为我承认，有时候我还是很需要她的，因为我喜欢和她在一起的感觉。

叶子的日记（十六）

由于圣诞节期间和外婆出去旅游了，很久没写日记了，但我又一次提笔，脑子里就出现了小堂的影子，又感觉他就活灵活现地在我面前。

早上，外婆买早点回来,怕凉了不好，于是就把我从床上叫了起来。

在我吃早饭的时候，隔壁陈大婶进来了。

“叶子，你起来了啊？”

“是啊，还是早点起来好，越躺越不想起来了。”我笑着说。

“贵芳，这么早有事吗？”外婆也很诧异陈大婶为什么今天这么早来我们家，于是问。

“来看看叶子啊，好几天没见了，想她了，呵呵……”陈大婶说着我们都笑了，“对了，有件事我给忘了，叶子，你出去玩的这些天有一个男孩子来找过你。上海来的。他是在大街上问张大婶的，还是张大婶把他带到这里的。”陈大婶说着。

“啊！”我脑子里轰地一声。难道是他？

“大婶，他长得怎么样？”我很激动地说，问了这话我也觉得不对劲，因为我从来没见过小堂，但我真的很激动。

“那男孩子看上去斯斯文文的，大概一米七十几的个子，由于留着长发，她也看不清他的脸。”

那时候我的第一感觉这个人就是小堂，想到这里，我心中怦怦跳着，为什么会是这样？是的，在上海，除了小堂，我没认识什么人了。

叶子

2003年12月29日

叶子的日记（十七）

自从外婆告诉我那个消息后，我一直想打电话给小堂证实一下，可始终没有勇气，因为我答应外婆以后不再和小堂有任何联系，但我真的无法抑制心中翻涌的热情。

于是我还是想去和外婆商量商量。我做了充分的准备，希望能够说服外婆。

“外婆……”当站到外婆面前时，我又不知所措了。

“孩子，有什么事吗？”外婆看着我问。

“没……没。”我轻声说了句就转身想离开。外婆却叫住了我。

“是不是想关于小堂的？”外婆也已看出了我的心思。不知何时开始，我和外婆的众多话题中都或多或少扯上小堂了。

“外婆，让我再和小堂联系好吗？”

“叶子……”

“我知道你怕我受到伤害，因为妈妈的死在你心里留下了永远的伤痕，可是我不要求太多，我只想见他一面，或者远远地望他一眼，马上就转身离开，甚至只要和小堂保持联系，能够经常收到他的信，或者听到他的声音，足够了，真的，足够了。”我说着眼眶湿润了，“自从我们第一次通信，我就发觉我们之间有着无可抗拒的共鸣，是他，给了我生活的勇气与信心，是他让我从痛苦中顽强地走来，我真的无法忘记那种感觉，多少个夜晚，我是看着他的信进入梦乡的。”

“叶子，我不想你再像你母亲那样，当初你母亲就是这样，不听我的劝告，才落得那样结局，她当初也就像你现在这样思念着千里之外的那个男人，可一天又一天，那个男人始终没有出现，直到她挣扎在病床上，也没出现，她死之前也不能再握一下他的手。”外婆说着哭了出来。

“外婆，你先别哭好吗？”

“叶子，我只希望你好好地生活着，我答应你妈妈，一定要好好把你带大，出人头地。”

“外婆，其实妈妈那也是爱，爱到了极至。”是的，妈妈那是对一个人的爱，然后爱升华成生命的追求。

“你知道那种爱多痛苦吗？就像现在的你，你思念着小堂，可是你又能知道小堂此时此刻也在思念你吗？那在遥远的另一个城市，这种爱很辛苦啊，孩子。”

“外婆，我可以不和他在一起，我只想再一次听听他的声音，我只想证实一下他是否来找过我了。”

外婆开始沉默了。

叶子

2004年1月3日

叶子的日记（十八）

前天，和外婆说了那么多之后，她终于答应我给小堂写最后一封信，让我证实一下他是否来过，从此不再和他联络了，永远忘掉他。可当我寄出去后就后悔了，其实，我不应该写这封信的，这样只会伤害小堂，也许我应该安安静静地离开。

可是我始终克制不住，当外婆同意我再给小堂写一封信，我像是在荒漠中找到了绿洲，不顾一切地拿去纸笔给他写了一封信。

叶子

2004年1月5日

叶子的信（八）

小堂：

对不起！我也想不到会在这样的日子里再一次提笔给你写信，因为本来我打算以后再也不和你联络了。也许你会不明白我为什么做这样的决定，但我无从选择，因为外婆反对我再和你通信了。小堂，我亲爱的朋友，我也真的想不到我会在这么一天爱上你了。

曾经我以为依赖你只是因为自己爱上了梦中的男孩，可是最后才明白，那只是自欺欺人，我不是爱一个梦境中的男孩，我是爱上你了。

之所以在今天才向你说出这个事实，是因为这也将是我给你写的最后一封信了，此刻的我再也无法抑制住自己的情绪了。我必须告诉你一切，你曾说过爱一个人不需要太多理由，爱情是自私的，所以我不管你对我是什么感觉，我也有权利向你表达我心中的感受。

也许所有的这一切只是我在自作多情，可是我无所谓，因为如果我一直压制这份情感，我会垮掉的。

可是我们有缘无份。我们注定将在这样的日子里永远失去联络。

你肯定还记得我曾经和你说过我母亲的死，我说过她在死的那一刻也没等到心爱男人，那个男人在遥远的北京，外婆反对我们再联络就是因为这个，我们相隔遥远，我们在两座不同的城市，她不想我重蹈妈妈的覆辙，我们虽然能够伸手触摸着自己城市的心跳，但我们始终无法同时触摸着两座城市的心跳。

这一切也不再重要了，还是不要说得那么感伤吧，曾经我们

的信中，总是说得很沉重，也许是我已经习惯了，对不起，小堂。

从提笔给你写信到现在一直有一个问题在我的脑海中晃悠着。那就是圣诞节出去玩的时候有个上海的男孩来找过我，我当时猜想肯定会是你。

其实，我一直在想，在上海应该只有你这样一个最要好的朋友，虽然还有那么一两个，但我们之间的联络很少，他们更没有任何理由来看我。如果说还有，那就是那个一直在梦中出现的男孩，但我认为他不大有可能，因为我向来认为我们的美好只是像梦境一样虚幻，虽然最近我觉得真的会出现奇迹。小堂，你真的来过了吗？你真的来到我的身边了吗？

也许你说得很对，人的一切命运都掌握在自己的手上，我们的手就是上天特意创造来为我们创造成功的使者。从你的文字中我也悟出了不少。人生就是一个大舞台，我们每个人可以说只是一个小角色，但我们又可以是一个出众的演员，我们是这个舞台的主角，我们贯穿着一出又一出戏的始终。

有时候对爱情来说，我们只要付出爱，有时候却要付出相应的牺牲。我们在爱情面前不怕牺牲，但很多怕的是这些伟大的牺牲能够去改变一些什么吗？

苏湉才是值得去爱你的人，你们才是最般配的，只有她才能真正给你爱和保护，只有她才能给你快乐与感动，我只能给你以累赘。

小堂，在没有我信的日子里好好保重。

叶子
2004月1月6日

叶子的日记（十九）

给小堂的信寄出已经有三天了，我的心情陷入了最低谷，因为我在写着违心的话，我含着泪给他写完了那封信。我心中始终无法忘记他，他在我心中留下的痕迹根本不能擦拭掉。

这两天，我早上醒来总感觉自己的眼睛很模糊，看东西总是好几个影子，我想应该是病恶化了，但我没有告诉外婆。

我突然很想去上海，去看小堂一眼，也许我哪一天醒来，真的什么也看不看了。想着想着，心里一阵慌乱，但这会在什么才能实现呢?

叶子

2004年1月9日

自从满洲里回来，我心情就没有舒畅过，好不容易去见一次叶子，却错失了，想不到的是又伤害了苏湉，弄得到现在她还不能原谅我，我发短消息给她也没用。

我并不想得到更多什么，只希望苏湉能够原谅我，我们还能做朋友，可是就算她原谅我了，当我站到她面前时，心理也会有了隔膜了。我想过我们只能是很好的朋友，我爱上了叶子了，虽然我们连面都没见过。可叶子呢?

我们真的有那种缘份吗?

想着想着，我都不敢相信自己了。于是躺在沙发上想睡一会儿，突然手机响起，一看，是苏湉的。

我以自己都难以想象的干脆接了电话。

“你终于理我了，你知道吗？这些天，我每天都会给你发消息，我不为别的，只希望你能原谅我，希望能像以前一样有说有笑。”我迫不及待地说。

“小堂，以后我们好好的，好吗？”苏湉并没有在意我说什么，管自己说了一句，好像这句话已经练习过很多遍。

“苏湉……”其实，我想告诉苏湉我对她并不是爱。可没说出口的话又被苏湉打断了。

“小堂，你先听我把话说完。我清楚我的性格有时候很奇怪，也许是家庭背景的关系，所以我们在一起的时候难免会有矛盾，可是你知道吗？在女孩子眼里，你那样做确实有点过分，你觉得吗?我以为我们是在恋爱了，我以为你会迁就我很多，可是我想不到你会忘记了我们的约定，去见一个笔友。”苏湉有点想哭的样子。

“苏湉，对不起！”

“这些也不重要，我也有错，我那天应该先听你把话说完，更不应该关了手机骗你去出差了，可是你知道吗？我只想给你一些惊喜。”苏湉说着开始抽泣起来。

我开始沉默不语，本来想先暗示她我们其实根本不适合在一起，而且我已经爱上了叶子，可是顿时我丧失了勇气，我不能在这样的时候给她这样的打击。

“小堂，我们好好的，再像从前一样好吗？”过了很久，苏湉问。

“苏湉……”

“小堂，答应我好吗？”苏湉有点像在央求。

我一下子不知道该如何面对，更不知道该怎么说，于是只能先转移话题：“你不用上班？”

“小堂，先答应我！”苏湉还在坚持那个问题，我明白我今天不可能逃脱这个问题的。

于是说：“好的，我答应你！”

苏湉也没了声音，好像完成了重要的使命。

“你今天不用上班吗？”我想不能让这种尴尬的场面继续下去，只能转移话题。因为我不想说着说着就把心里话给说出去，然后给苏湉带去太大的伤害。其实，有时候当我听到苏湉的声音时，坏心情也会慢慢地变好。说实在的，我也不能没有她。

“我给自己放了个长假。” 此时的苏湉又回来了从前那个样子。我们不适合聊沉重的话题，我们本就应该像好兄妹那样生活着。

“是不是工作上压力太大？”我问，这显然有点废话的感觉，难道我还不明白她为什么吗？肯定是我伤害了她。

“不是的。”

“其实，我一直在给自己放长假，很久以来，我都理不清头绪，不知道要做些什么到底该做什么，因此只能每天呆在家中。”我的声音有点低沉。

“那就最好了，明天晚上我有个舞会，你不会不给面子吧？”苏湉语气开始变得有点轻松。

“这——这好像不大好吧？”我支吾了几句。

我向来不大喜欢这种场合，那种尴尬的场合总会让我浑身不自在，而且我感觉不应该和苏湉走得太亲密。

“你不会想让我下不了台吧，我都告诉我爸妈你一定会来了，如果你不来，我怎么向他们交代啊？”苏湉开玩笑地说。

“啊！你们到底是什么舞会？”我有点惊慌。

“到时候就知道。”

这种选择下，我知道还是会投降，特别是在女孩子面前。我就是这样。

其实，很多男人都是如此，他们常常在陌生人面前把自己伪装得多么伟大，表现得如一个顶天立地的汉子，赤膊条条闯关东。其实这只是男人在掩饰内心的脆弱。

最后，我还是答应了苏湉。

我本来想向迪苇讨教讨教，可是这两天他好像突然人间蒸发了。

接下去一天是怎么过去的，我已经记不起来了，只记得心里处于恍惚状态。一直到了晚上，苏湉过来接我。

她站在楼下，靠着那辆白色宝马，给我拨电话。

电话响起，我以一种自己都无法想象的果断接了电话。其实，我一直等待电话响起，我的心全部倾注在那几个键中。

我很快下了楼，坐进那辆熟悉的白色宝马车里，她就坐在我的身边。不知怎么的，当我坐在苏湉身边时，已经没有了以前的那份安稳，心里总觉得怪怪的，也许是自己心虚的原因。

自从从满洲里回来，我不止一次告诉自己应该尽量逃避苏湉，可是当我听到她的声音时，很多决定在那一刻变得那么微不足道。我不敢正视她，更不敢和她说话。我怕自己连声音都会颤抖。我怕当我开口时，却说不出一句话来。

我用余光扫了她一眼。苏湉今晚真的很美，她的微笑美得就像戍关男子珍藏着的情人的发丝。她简直让我着迷，让我忘记了很多顾忌。

苏湉好像也发觉了我的异样，把头转过来问我：“你很紧张吗？”

我无法想象为什么她的声音此刻在我耳中会是这样一种令人

痴迷的感觉，难道长久以来封闭的密码将在此刻被破译，然后我的情感被世人所发掘。

“我……我，没事，可能不大习惯这种场合吧。”我尽力想使自己的目光变得淡然，自己的声音变得坦然，可是我说起话来竟吞吞吐吐了，我问自己这是怎么了。以前和她在一起从来不会这样的。

“不用紧张的，都是熟人，上次去海边烧烤的那些人。”苏湉笑着对我说。

其实，一方面是我不大习惯于这种场合，但更重要的原因是，从满洲里回来，我的心里有了一层厚厚的障碍，把苏湉拦在外面。我告诉自己必须逃避苏湉，那样才不会给苏湉带去太大的伤害。

我想着想着，车子在一栋花园别墅前停下，大门敞开着。我能够看到里面的华丽的灯饰，可以听到欢笑声，但是，我真的没有勇气迈进那扇大门。

“不要怕，进去啊。”苏湉在一旁和我说，而我就像一个傻子，愣在外面。

她拉住我的手走了进去，我就像小孩，跟着她进入陌生的地方。我连头都不敢抬，我觉得很多很多利箭般的目光向我射来，让我觉得浑身在疼痛，又觉得那是一团团烈火，将我的全身掩饰烧尽，留下了灰烬，然后将虚伪和恐惧表露出来。

一阵热烈的掌声响起，我终于在掌声的热拥中抬起了头，然而我第一眼看到的竟然是迪苇那小子的脸，他笑得那么阴险、狡猾，我打量了一下，还有几张熟悉的脸。

此时的我好像心中卸下一块石头，我环顾了四周，人不是很多，不像一个大的舞会，但我还仍被蒙在鼓中，我始终不明白今天舞会的主题。这是给我的一个很大的考验，我又一次看到迪苇，他在向我翘起了大拇指，他的脸上还有不少惊奇。

确实，今天是我觉得最傻气的，特别是身上的这套西装。我向来不习惯穿得很正规，那样好像被什么约束着。如果我早知道只是几个熟悉的人，我就不会那么紧张，让自己好没有面子。

我凑到迪苇的身边，问一些关于今天舞会的事情，以免等一

下出错。我从迪苇的口中得知，今天是苏湉的二十二岁生日，所以在家搞个Party，当然她父母会来。

过了十几分钟，苏湉家的保姆推着一只很大的蛋糕出来了。苏湉的父母随后出来。大家都停止了玩闹。

那些家伙显然已经不是初次见到苏湉的父母，看他们都不拘束的，而我呢？我的心急剧地跳动。我很怕见朋友的父母，他们的热情往往让我无地自容。

苏湉到我的身边，叫我过去见她的父母。那时的我完全像个木头人。没有感觉，没有思想，全身像一个空壳架在那里，你要我一，我不敢二。我完全像是被别人操纵着。

苏湉拉着我到了她父母前。她父母只是会心地笑，我感觉到他们是那么和蔼可亲。

“叔叔阿姨好！”我站在他们面前然后鞠个躬。

他们没有说什么，只是一味会心地笑。

虽然他们的笑是那么和善，但我不敢注视。

不一会儿，苏湉的父母就上楼了，把自由浪漫留给了我们这些年轻人。

然后，他们这群人就开始实施早已准备好的部署，而且把矛头都指向了我，让我吃尽了苦头。

当苏湉离开我的时候，突然，灯光没有了，偌大的一个大厅竟然找不到一丝灯光，我一怔，更可怕的是我听不到了一点声音，他们去了哪里？

我在叫着迪苇的名字，但是他没有回答，我眼前一片漆黑，我是怕黑的。我从小就怕黑，那种没有一点光亮的黑。我发现自己一个大男子竟然像个小女生心在慌。

突然，我开始叫苏湉的名字，她回答了我，问我在哪里，也许她也对这个出其不意的关灯很惊奇。我想到这肯定是迪苇那小子在耍我，因为只有他知道我是怕黑的，但这又是在玩什么呢？我真的弄不明白。

苏湉问我在什么方位，我慌张地说不清楚。我说着向四处摸索着，在那一刻我真的想哭出声来，我只想找到一个能让我抱抱

或者抓抓的东西。

我还在叫着迪苇，声音中带着颤抖，但没有一个人回答我。

“苏湉，你在哪里？”我叫着。

“你在哪里？”苏湉反问我，可是我真的不清楚自己在哪个方位，偌大的一个大厅，而且是第一次来，我怎么会知道那么多东西。我循着苏湉的声音慢慢摸索着。

“快开灯啊，我怕黑的，迪苇，你这小子怎么这么不讲义气，你到底想玩什么？”我大叫着，但这只是给自己增加恐惧。

我在黑暗的大厅中像是迷失方向的路人，毫无目的地转着。我觉得自己已经去了阴曹地府，我真的很想找个可以让我拥抱的东西，让我将惶恐驱赶。

忽然我碰到了一个人，但我看不见那是谁，但我已经没有任何顾虑了，此刻的我脑中一片空白。

我用僵硬的双手将眼前的人以狼吞羊的速度扳到怀中，她坚挺的胸部和我的胸膛撞在了一起。

一股头发的清香扑鼻而来，然后就是一阵女孩的体香包围了我整个人，让我感觉呼吸困难，让我像是升入天国。

我仿佛听到了女孩急促的呼吸声和心跳声。

我紧紧地将她拥入怀中，显然能够感受到她的身子在发抖，我真的不想她从我的怀中挣脱，好像她一走我就会死。我觉得那一刻比强盗还无理，完全丧失了温存和怜惜，我感觉到自己的拥抱是多么的狠毒，但我已经顾不上那么多了。

我的手就放在她那温润的手臂上，感觉自己的心在发热。

“小堂，是你吗？”突然我听到了苏湉的声音，才明白自己抱住的人是苏湉。可是那一刻，我竟然忘记了松开手，就那么死死地抱着她。

突然，灯光亮了，他们叫了出来，可我还是紧紧地将苏湉抱在怀中。突然我醒悟了过来，以匪夷所思的速度松开了手。

苏湉一直看着我，但我读不懂她的眼神，我觉得那眼神太神秘了。

我知道此刻说什么也没有用了，于是我在内疚中沉默了。

大家都沉默了。

“大家干什么啊，继续玩啊，这只是一个小小的玩笑啊，我就是看小堂今天总是一声不吭，给他点颜色看看。”迪苇大声说着。我现在才明白迪苇这小子在玩什么，他要的就是这个结果，她是想撮合我和苏湉之间的关系，以达到进一步发展的效果，因为他一直认为我和叶子那种恋爱是很不现实的。可是此刻我很恨他。

我看了一眼迪苇，又看了一眼苏湉，她脸上没有任何什么异样的表情，于是我放心了不少。

“是啊，大家继续玩啊。”后面有个同事搭了一句。

于是大家又是有说有笑，但我觉得心中有了障碍，我觉得冒犯了苏湉，但她好像没有放在心上，她开始大笑，开始和我搭讪。

我不知道该怎样去说迪苇，我想狠狠地骂他，但我突然没了这个兴致。

那晚是怎么度过的我也不清楚了，只记得自己一直在出丑。

后来，我们相互道别，我和迪苇一起回家了。苏湉要送我们但被我拒绝了。

我们叫了一辆车，我连头都没有回就上去了。

我坐在车上，没有和迪苇说一句话，我的心还在刚才的那个场景。不知为何，我却很留恋那个场景——我无法形容当我和苏湉拥抱在一起，当我们肌肤相亲的瞬间是怎样一种感觉。

“还在想什么啊，到了，下车了。”迪苇回过头来问我。我这才明白已经到了家了。

“迪苇，今天晚上你这样太过分了。”进屋后，我还是忍不住地说了迪苇。

“我觉得不过分啊。”迪苇不屑一顾，“小堂，我是说过我会支持你，尊重你的任何决定，可是我想了很久，我觉得你和叶子很不现实，你们一次面都没见过，你们只是通信，你相信这样的爱情吗？你们真的有缘吗？”

“我……“我真不清楚该说什么。

“如果你觉得我没有什么证据，你前阵子不是去了满洲里吗？你看到她了吗？也许她只是一个虚幻的人物，而苏湉，她很实在

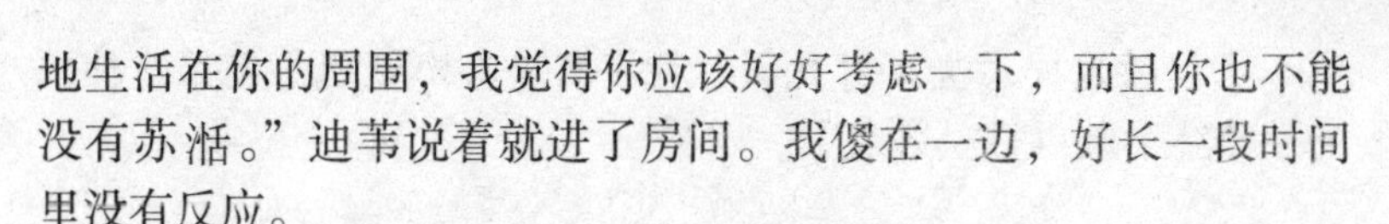

地生活在你的周围，我觉得你应该好好考虑一下，而且你也不能没有苏湉。”迪苇说着就进了房间。我傻在一边，好长一段时间里没有反应。

最后我呆坐在沙发上，想着迪苇的每句话，觉得也不是没有一点道理，可是我总觉得不甘心，我不敢相信叶子只是一个虚幻。

从苏湉生日舞会回来的第二天，我却意外收到了叶子的来信。看完信后，我感觉手脚都发麻了，心落了个大空。为什么是这样？我自问。

其实，我想不到的是原来叶子也已经爱上了我，可她为什么不早点和我说呢。其实，这些也不能怪她，为什么我明知自己也爱上了她，却不告诉她呢？因为我怕当我和她说了事实之后我们连朋友也做不成了。爱情这东西本来就很怪！

也许叶子的外婆说得很对，我和叶子相爱只会给她带去伤害，我并不能给她带去幸福，我有时候只生活在过去中。我不应该让叶子承受更多的苦，况且她本来就已经承受了不少的苦难。我宁愿自己再多受一些累，多吃一些苦，也不允许叶子有一点悲伤。这应该不是很难理解，能够为自己心爱的人付出一点什么东西应该不是很过分。

可是这样我们两个人都不能开心。我想打电话告诉叶子事实，可是我怕她又要承受外婆那边的压力。

现在的我就是一个矛盾的结合体。

叶子，我希望你能够理解我的苦衷，希望你能够知道我的无奈。顶着痛，忍着泪，我的心还是碎，身心的疲惫，让我觉得很累，这难道是我应该受的罪？

就在自己快发疯的时候，我拨通了叶子的电话。

铃声响了四下，终于有人接了，是一个老人的声音，我想应该是叶子的外婆，她在那头“喂……”了好几句。我在这头紧张得要命，最后还是挂了电话。

我最失败的地方就是在于自己的软弱，我明知这通电话可能关系到我自己的幸福和叶子的快乐，可我还是输给了勇气。

于是就这样过去了好几天，我一直坐在电话机旁发呆，伸出的手始终不敢再触摸键盘了。

叶子的日记（二十）

我一直会做梦，其实，每次对小堂的思念多一点，我就会梦到那个一直出现在梦境中的男孩，让我常常会把他们两个人想成一个人。

这一次我终于可以看清了他，他和外婆描述的上次来找我的男孩差不多，难道他真的来找过我了？

他留着一头很飘逸的长发，浓浓的眉毛，一双大大的炯炯有神的眼睛有着些许的忧郁，他紧紧地将我拥抱在怀中。

“我终于可以看清你了。”我的眼中噙着泪水，那是激动的泪光。

“其实你一直能够看清我，只是你不敢睁大眼睛。”

“为什么你总是在我想拥抱你的时候渐渐离我远去？”

“因为我不知道该怎么去面对这段爱情。”

“你知道吗？我等这一刻的到来等得有多辛苦！”

“那也一样，我一直等你说爱我，我等待着你能够将信赖的双手伸向我。”

“其实，我宁愿不要了百花齐放的春天，只要你的一句叫我心疼的安慰，我要的就是你说你爱我，一旦你说了这句话，我可以心甘情愿地承受孤独寒冷的冬季。”

“叶子，我爱你！”

那声音就像从幽静的山谷中传出，传到我的耳中变得那么悦耳。

于是我们一起哭。

我们的泪水汇成了一条河，汇成了大海，蓝蓝的海水映衬着蓝色的天空，我的世界里全部是蓝色。

然而，这一切又逐渐离我远去。我感觉他的手渐渐地松开。

一个巨响，一声惨叫，一辆车子夺走了外婆的生命。

蓝色的梦境还是被惊醒了。

“外婆，外婆……”

我坐了起来，我真的很怕，我摸着自己的头，全是汗水。我

不敢睡觉了。这会是真的吗?

我顿时脑子里一乱，什么事情都想不起了，我想哭却哭不出来，好像泪水早已在什么时候流干了。

我独自一个人坐在静静的房子中，我好怕。我想到了小堂，我真的很想打电话给他，我现在真的很想听到他的声音。

现在应该很晚了吧，小堂应该在睡觉了吧，但我很想听到他的声音，我知道他的声音能够帮我驱赶寂寞。

我抓起了电话，拨出了这个在我脑中已经很熟悉的号码。

叶子
2004年1月17日

十四、其实爱你只是害你

我又品了一口咖啡，看了看艾静的双眼。我不知道她眼眶中的泪水是为了什么而充盈，被叶子打动？或者为了别的什么，我不敢去问，但我希望不是为我而感动，我不值得她这样。

“你不觉得我很虚伪吗？我在感情面前简直无法动弹。我完全可以向叶子说出自己的想法，告诉她我的心已经扎在了她的心房，就像常春藤缠绕着大树干。我一旦离开了她，我的心将会枯萎。那将是怎样一种冰凉。可是我没有说，我好怕，怕当我伸手出拥抱时，只是扑空，然后用眼光拥抱她，于是我选择了和苏湉在一起。”我说得有点痛苦。

“没有人能断定你是懦弱。”

“你知道吗？那时候，一边是友情，一边是爱情，我想用生命捧着它们，但怕当我将双手握紧时，一切就从我的指缝消散开去，像空气一般。”

“在坚如磐石的现实面前，想伪装感情，往往只能伪装得软弱无力，但你要明白，最可悲的，不是爱上一个不该去爱的人，而是与值得去爱的人擦肩而过。”

“对，到后来我才知道那天在满洲里撞到的女孩子就是叶子。”我有点遗憾地说。

“啊！你说那个你在大街上撞上的，当时就有一种很熟悉的感觉的？”艾静很惊奇地问。

“对，其实当时我也想过这个问题，但我始终不敢相信！”

“真的，连我都不敢相信，小堂，你还是继续这个故事吧，我迫切想知道很多很多关于它的。”

收到叶子信的第四天深夜，我接到了叶子的电话，当时我正在睡觉。我始终无法忘怀那天接到叶子电话时的场景。

那天我比较累，因为和苏湉一起出去，这次是我主动约她出来的，可是我正陷入叶子错误决定的困惑中。本来找苏湉想倾诉自己心中的苦楚，希望她能够让我暂时忘记烦恼，因为我和苏湉在一起不一定那么紧张，我们可以是很好的朋友。

最后事情却更尴尬，因为我发觉苏湉已经爱我爱到了极至，可我又该怎么办?

这天我约苏湉到了外滩。

当我打电话给她的时候她说正在看书。当听到我心情不好，她很快就提议出去散散心。

她到的时候，我已经等了十几分钟，但我没有责怪她的迟到，因为是我早到了。我想闷在家中不如早点出来透透气。

我靠在栏杆上，苏湉悄悄地向我靠近，我没有觉察，然后她就向我大叫一声，吓了我一跳，如果是别人我可能会大骂一顿当作报仇，但我习惯了苏湉的这种到来。

“来啦？”我转过身后问。

“是啊，让你久等了，又遇上什么烦恼事了？说出来，我帮你分析分析。”苏湉比较轻快地问。

“一时也说不出个所以然来，就是觉得闷，所以就找你了。是不是打扰到你了？”我看着苏湉说。

“不是啊，我在家也很无聊的啊。”

“那就好，无聊人对无聊人可能就不会无聊了。”

“你以为是以毒攻毒啊。”苏湉开玩笑地说。

“你什么时候也学得这么有幽默感了？”

“一向就是这样的啊，只是你没有感觉到啊。”苏湉笑得有多甜。

“可能是我对女生没有多少研究吧。”我有点低沉地说。

“这可不行啊，如果你都这样，以后谈恋爱会很吃亏的啊，爱情是两个灵魂的相知。”

“谢谢教诲，以后我会注意的，多多研究，首先从你开始。”我强迫自己和苏湉开起玩笑来。

“你还能开玩笑说明还有药可救。”苏湉盯住我说。

“我早已无药可救了啊！”

“对了，你刚才为什么从我开始研究呢？”苏湉并没有去理解我刚才那句话的深层含义。

“因为你好欺负啊，而且每次我一约你你就会出来，这样我不是有更多的时间了解你了吗？”

我们就这么说着走着，偶尔说说话，偶尔沉默。

“可以告诉你为什么苦恼吗？”苏湉在沉默了一会儿之后，问。

“因为我爱上了一个人，可是我又不知道该怎么面对这个事实。”我很老实地说了自己的心里话。

“怎么说？”苏湉问了之后像个小孩，眨巴着眼睛望着我，也许在她心里认为我爱上的人是她，可事实不是她所想象的。

“我想好好去爱她，可我又怕她会受到伤害，不想她承受太多的压力。我觉得自己现在就是一只天平，我在认真地调试着平衡点，但我又很怕，我怕一不小心就会失去平衡，我不能在哪一边多加一点。”

“这个问题很难说，你只能按照自己的感觉去选择。我觉得你不应该害怕伤害到任何人，有些事情到头来伤害最深的会是你自己。”说这话的时候苏湉一直看着我，看得我浑身不自在，也许在她心里以为我是爱上她的，可事实不是这样的，我是爱上了叶子。

对于苏湉，我也尝试着去爱她，可到最后才明白我们之间的共鸣根本不是爱情引起的。

想到这里，我沉默了。我觉得今天叫苏湉出来是个大错。

我们还是继续向前走。

我真的很不习惯这从未有过的沉默。我想也应该好好苏湉说说我们之间的事了。

“苏湉……”我开口打破了僵局。

“怎么了？”

“我……”本来到了嘴边的话却吞了进去，“我觉得我还是应该选择自己离去，一个人悄悄地离开这个世界。”

“这永远只是在逃避，逃避自己，逃避现实。”苏湉像在开

导我。

“你说有一天爬到金茂大厦，然后往下跳，是怎样一种感觉？”我说完后一直盯着对面的金茂大厦看。

苏湉也一言不发，望着浦东的那些用石头砌成的森严大楼。

“如果爬到上面的人是我，会不会因为风而把我吹到黄浦江，洗脱我这辈子欠下的债？”我见苏湉没什么反应，又说。

“如果那个人是你，我会在下一秒钟爬上东方明珠然后跳下，而且绝对不会给自己任何存活的希望。”苏湉就那么勇敢地望着我说，她的话，她的眼神，像一支利箭从我的喉间刺向心坎。

我傻住了。

后来好一会儿我不敢说一句话。

十点左右，我说还是先回家吧，我还没有说要送她回家，她却先说了，我起先不答应，后来她说让她再多陪陪我。

我们两个人叫了出租车去了我家。我们下了车。

“进去坐一会儿？”我问苏湉。

“好啊，认识这么久我还没有去过你家，我倒要看看大作家的家到底是怎样的，是不是像我想象的那么有艺术气息。”

“你笑我？”

“没有这个意思，说真的，我在高中的时候和一个同学去过男生家，到现在没有再去。”苏湉看着我说。

我用疑惑的眼神望着她，但她好像把我的意思误会了。

“你可不要想歪了，我可是去看望他的，因为他病了。”

“不是啊，上去吧。”我竟然被逗笑了。

楼梯上装的是自动灯，我们走了一会，突然灯熄灭了，苏湉叫了一声，然后就抱住了我，我下意识地搂紧了她，因为我也怕黑，幸好不是那种没有一点点光亮的黑，而且是我自己家的楼梯。这只是不到几秒钟的时间。但是令我奇怪的是，她的那一叫却没有把自动灯叫亮。

“可能是灯真的坏了。”我反应过来后说。

“那该怎么办，不会是停电吧？”

“不可能的，我住到这里到现在可从来没有停过电。”我很有

把握地说。

“是吗？”

“这里你走不习惯，来，把手给我，我牵着你上去。”

“没事，我可以摸索着上去。”

“不要磨蹭了，到时候摔着可不要怪我。”

我牵着苏湉的手，一步一步往上走。

我们慢慢地走到五楼，我拿钥匙开了门，一按开关，果真停电了。

“是吧，给我猜中了吧。”苏湉笑着说。

“怎么会这样？”现在是我诧异了。

“也许是我的出现吧。”

“怎么可以这么说！”

“我真是没有福气，好不容易来了一次，竟然遇上停电。”从苏湉的语气上可以听出她真的感到惋惜。

“没事，这样吧，我给你点支蜡烛。”我说着去找了好几支蜡烛，然后点了起来。苏湉拿着蜡烛开始欣赏起我的房间，她把蜡烛举得高高的，去看墙壁上的壁画。

苏湉看了很久，十一点多，她说要回去了。

“苏湉，这么晚了，你还是不要回去了，路上我不放心，反正迪苇不在，你就睡在我这里，我睡迪苇的床。”迪苇这小子最近好像和一群猪朋狗友混在一起，但搞什么名堂就不清楚了。

“这样行吗？”

“只要你不怕，一切都没事。”

“怎么可以这么说，我才不怕，我看你也不敢。”

“对了，苏湉，总觉得迪苇最近不对劲。”我还是挂念起迪苇来。

“怎么说？”苏湉很惊奇。

“他最近老是很晚回来，或者干脆不回来，我担心他在外面出什么事。”

“没事的，听说最近他和公司的几个同事在搞个小公司，也想过把老板瘾。呵呵……”

经苏湉这么一说，我心头的重石也卸了下去。

帮苏湉安顿好，我也就去了迪苇的房间睡觉去了。我躺在床上想着叶子现在又在干什么。她那边也应该进入冬季了，城市应该被雪装饰得格外漂亮吧。

我想着想着就睡着了。

不知几点，我就被叶子的手机惊醒了，我本来是有睡觉关机的习惯，但刚才给忘了。

"喂，谁啊，这么晚？" 对方没有声音。

"喂，谁啊，不说我挂了。"我又一次大声地问。

"你是小堂吧？"对方是一个很温柔女孩子的声音，她的声音传过来像是在轻轻拨动琴弦的声音。

"对，我是。"

"小堂，我是叶子。"

"什么，你是叶子？"我突然睡意全无，弹坐了起来，都忘记了冷。

"嗯。"

"怎么会是你，刚才那么凶是不是吓着你？"我急切地问。

"没有啊，其实都是我不好的，我不应该在这么晚了还打电话给你。"

"没什么啊，你怎么会想到给我电话的？"我感觉自已除了问这些，不知道该怎么办了，一切来得太突然了，我根本没有心理准备，顿时，脑子里一阵乱，说了前句不知道后面该怎么说。

"小堂，我刚才做了一个噩梦。"叶子和我说了打电话来的缘由，一切都是那么熟悉，她的声音，她的语气，都是我想象中的那样，突然，我感觉自已像是活在梦里。

"又梦到母亲了？"

"不是的，以前每次梦到母亲，我也不会有这种感觉，我总是去倒杯咖啡，然后静静地坐在那里，也就会没事的。"

"那今天又是梦见什么了？"

"我梦见外婆出了车祸，永远离我而去了。"

"叶子，你听我说，其实这就是你一直想着，然后就在梦中出现，但这只是一个梦，它不会是真的。”我尽量去安慰叶子。其实，我除了这样，也没有什么要说的了。

“如果这是事实，我真的不知道会怎样，也许我也会随着外婆的灵魂而去。”听着叶子的这些话，我感觉就像读着她的信，那么熟悉。她不是一个虚幻，她就那么真实的生活在那里。

“叶子，你知道吗？没有什么比生命更可贵的东西了，虽然某些人可以为了某一样的东西去牺牲生命，但没有了生命，拥有了其他东西还有什么意义？”其实，我不大习惯安慰别人的，可是对方是叶子，于是，我尽量想一些道理出来，只希望她能快乐一些。

“我真的很害怕当这个梦变成事实的时候我会是怎样的一个样子。那时候我真的一无所有了。”

“谁说你是一无所有的，你还有我啊，叶子。”我有点激动了，“事情到了今天，我想我也应该向你说清楚了。其实，从一开始我就对你产生了一种爱慕，那应该就是男女间的爱情，我无法从对你的思念中逃脱。”

叶子那头没有了声音，我还是不顾一切地说，我感觉我的全身在沸腾着，体内的血液在呼啸。握手机的手在那一刻顿时没有了感觉。

“前几天，我收到了你的信，当我读完后，我感觉我的世界一片漆黑，我想打电话给你，可手根本就是无法触摸键盘，最后我终于有了勇气，打过去后是你外婆接的，所以我一下子就挂了电话，我在想，我不能再给你带去压力了。”

“小堂，写那封信，我是含着泪的，因为我始终无法忘记你，当我寄出信之后，我才后悔了，我想着这样子会给你带去伤害。”

“叶子，你知道吗？从我们第一次通信，我就坚信我们会有非同寻常的将来，在你的信中，我明白共鸣原来是那么美好的东西。当寒冷侵袭着我软弱的身子时，我想到了你，我就觉得整个世界充满阳光，因为你就是我心中的太阳；当饥饿降临在我的身上时，我还是想到你，然后我就觉得生活很美好，即使饿死了我也感觉到很幸福，因为在我失去知觉的那一刻我在想着你。你可以理解这种爱吗？我曾经无数次想向你表达这份爱，但我很怕，就像你现在一样，

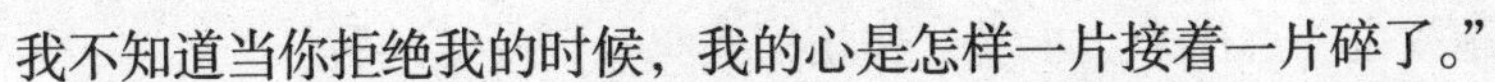

我不知道当你拒绝我的时候，我的心是怎样一片接着一片碎了。”

“你为什么不早点和我说呢？其实我等待着这一刻已经快到了崩溃，我多少次对自己失去了信心。我真的很想拥有你的爱，但我总觉得自己不可能拥有这样的奢侈，你知道吗，小堂，我有时候可以比别人表现得更坚强，但在爱情的面前我的心会比谁都脆弱，我真的经不起一点小的打击，所以我只能将自己埋伏起来，将对你的爱埋伏起来，我想让它深埋在那里， 让她生根发芽。”

“叶子，我多少次想着你能够来到我的身边，我想你每天都在我身边，我不想你做什么，我只想能够看着你的笑，只想能够听到你的声音，我想在我写作的时候你能够偎依在我的身旁。我想着我能够给你写很多情书，让你认为和我在一起的时候很自豪，我想你能够拥有我的所有，我把我的心情通过笔、纸全部告诉你，那时候让你拥有全世界最多的情书。”

“小堂，我爱你！”叶子说出这句话时却哭了，而这句话在我心里也激起了千层浪，让我心潮澎湃。

“叶子，你怎么了？”

“小堂，我也想去你身边，可是我始终不能说服外婆。”

听完这句话后，我却沉默了。

“让我们好好想想办法，你先别哭，好吗？我们应该好好和外婆说，因为我们是真正相爱的。”过了不久，我说了句。

“没用的，这样的话，我说了很多很多遍了。对了，小堂，在最后一封信中我写到，有个上海的男孩子来看过我，是你吗？”叶子像是想起些什么地说。

“是的，我一直就打算好，圣诞节去满洲里，和你一起去草原，可是我们错失了。也就是这次远行，我才明白你和苏湉在我心中分别处于什么地位，我才发觉我是真的爱上了你。”

“小堂，让我们一起去面对，我再想办法去说服外婆，你记得一定要等我。”

“叶子，我现在突然有个冲动，我想去满洲里见你，这次我真的不会错过你了。”

“不行，外婆不会让我见你的，但我会去上海的，一定，就算逃跑我也要逃出来。小堂，你相信我吗？”叶子问我。

“相信，我信你！”真的，那一刻，我也感动得想哭出来，我仿佛能感觉到她的心跳，虽然我们在两座城市。原来我和叶子就这么近，仿佛一个伸手的距离，“对了，叶子，你刚才说逃跑？”我好像感觉到了事情的严重性了。

“对！我也想见你。”

“可是你这样会伤你外婆心的，这样对她的打击太大了。”

“小堂，我真的顾不了这么多。真的！很晚了，先挂电话了，你答应我，好好生活，在上海等着我。”叶子说完，没等我回答，就挂了电话。

和叶子挂了电话后，我久久不能平静，我仿佛看到了我美好的未来。很多往事都在我的脑海中浮现，让我快高兴得发疯。

这是我和叶子的第一通电话，也是彼此第一次听到对方的声音，叶子的声音真是太让人回味了，我们聊了很多，我向她说了很多心里一直藏着的私事，她也向我讲了很多。

那一夜我没有睡好，到了早上的时候我却睡得很熟。当我醒来的时候，苏湉已经走了，在桌上她留下了一个纸条。

小堂：

我先走了，看你睡得这么好，我实在不忍心将你吵醒，谢谢你陪我度过这么一个有意义的晚上。

苏湉

我走进了自己的房间，苏湉把房间整理得很整齐。然而，我感觉背后隐藏着沉重的伤痛。

一下子，我不知道该怎么去面对苏湉了。也许我早就应该想到会有这么一天了。或者说，我昨天和叶子说的只是安稳她，但我明白我是爱她的，我说的话都是真的，可苏湉呢？我也需要她，我喜欢和她在一起的快乐感觉，但现在我该怎么办？

接下里好几天，我连打电话找苏湉的勇气都丧失了。

叶子的日记（二十一）

给小堂打电话后的第二天，我又去找外婆，希望她能答应我去上海，但她还是不同意。我求她只要让我看一眼小堂就足够了，因为我的视力越来越差了。我真的很怕有一天，我看不见任何东西时，还没看过自己心爱的人的脸。

外婆听了之后好像有点松懈，可她还是明确地告诉我以后再说这件事。直到晚上，我突然起了一个念头——我要逃跑。后天外婆会去邮局取最后的拼图，我要趁这个机会逃跑，去上海。

于是我开始做准备，收拾了几件衣服，可是当我在收拾行李的时候，在旧衣柜里发现了一封信，是父亲写给妈妈的，当我读完却禁不住哭了出来。

信上写了很多很多关于他的秘密，也写了对她对母亲的思念，那些语言真诚得让我哭了出来。原来不是父亲不要我们的，这封信是妈妈死前一个月写来的，那时候父亲早就知道妈妈怀了我，而他也很想来满洲里看妈妈，可是他患了绝症，医生告诉他只有一个星期的寿命了。我突然想到，也许父亲在妈妈生我之前就已经去世了，可他还是惦记着能够见妈妈一次。

父亲在五岁就已经患上绝症，但他不需要很多虚伪的怜悯，他没有幸福的童年，没有朋友，他的童年就是独自一人在院子中用红色的砖块画着。一只只小鸟，没有翅膀，但它想飞翔，自由地飞翔在这片蓝天，它不向世俗低头屈服，它在挣扎。

时光一天天流过，这个为寂寞，为自由而画的孩子长大了，但他没有笑容，因为他知道要面临的东西更多了。

他渴望自由，他用自己的画去表达内心，他用了三个月时间，画了一张画。一个美丽的女子，在一片麦田上，望着远方，在很远很远的那个角落，一只受伤的小鸟，这是他从小到大 一直在梦境中出现的画面，于是他渴求爱情，但他是不自由的人，他知道自己不能恋爱，他只能在梦境中寻找着那个美丽的女子。

当他画出这个梦境，那个美丽的女子出现了，她就是母亲，

那年他十九岁。于是他在爱情的幸福中忘记了自己，他第一次感觉到无拘无束。在爱情中他发现自己是幸福自由的。后来，他们恋爱了。

当他们拥抱在一起的时候，当他们亲昵地接吻，当他们身体接触时，他才醒悟，他才知道这是一段注定着悲剧的爱情。

最后，他还是得离开了。

我怎么也忘不了信中关于他和妈妈之间的誓言，那个就像娄烨导演的片子《苏州河》中的台词一般的承诺：

——如果有一天我从你身边消失，你还会等我吗？

——会。

——会一直等吗？

——会。

——会一直等到死吗？

——会。

这和外婆说的完全不是一回事，可外婆为什么要这么做，她为什么要向我撒谎？我想不明白，也许妈妈一直隐瞒着外婆，直到死的那一刻，她为爱奉献了自己的生命。

但是，当我看完信之后，逃跑去上海的意念更坚定了。我决定要在后天离开满洲里，我也不先通知小堂，因为万一打电话给外婆听到就麻烦了。

叶子

2004年1月19日

好几天，我都没有打电话去找过苏湉，但我还是想找个机会，告诉苏湉自己已经答应了叶子要好好照顾她一辈子。

我一直等待着叶子来上海，好像除了这个再也没有什么更重要的了。自从上次去满洲里见她却错过了机会，我后悔到现在，我一直在想是不是我们真的有缘无份，但现在这一切表明我们并不是那样的。这也许是上天故意的安排，它就安排我们在这样的时候相见。

与叶子通电话后的第五天中午，我下楼时，手机却在响起，

是一个陌生的长途，但我还是接了。

“小堂，是你吗？我是叶子。”

“是我，叶子，你现在在哪里？”

“我也不知道这是哪里，火车中途停车，我看到旁边有公用电话，于是就下来给你打电话了。火车会在明天晚上九点多到达上海，到时候我给你打电话。”

“我知……”还没有等我说完我就听到了“嘟嘟……”的声音，我一看我的手机没电了，于是我马上跑到楼上，换了一块电池，然后找到了已接电话，马上回拨了那个号码，接电话的是一个老妇人，我问刚才打电话的女孩子还在吗。她说了句“走了，火车已经开走了”就挂了电话。

虽然如此，但我还是很高兴，因为我终于可以和叶子在一起了。

这个并不寒冷的冬天，我以为自己会是世界上最幸福的人，可我经历了一颗心完全破碎成粉的过程。

死亡并不可怕，但我害怕生活对我不依不饶。

2004年1月23日，是叶子来上海的日子，可它恰巧是苏湉的忌日，这一天就是我心死亡的日子。

接到叶子电话后，我在家待了一天，我感觉这一天很长很长，像是一个世纪。

在下午五点多的时候，我却接到迪苇的电话，她说苏湉早上一声不吭出去到现在还没回来，她父母很担心，问有没有和我在一起。听后，我一下子傻住了，我说没有啊。

他又问我苏湉今天有没有和我联系过，我说没有。

后来他就挂了电话。

挂了电话之后，我一看手机，上面却有两条未读的短信，我迫不及待地打开，是苏湉的，是下午三点多发的，第一条是约我去海边。

当我看到第二条时，我整个人像飘了起来，毫无重量。

“小堂，你还记得我们在海边吗？我说过我们都只是一条条小鱼，大海才是我们的家。你现在在哪里了，我亲手编织的围巾还没帮你围上，本来圣诞节送你了，可是没了机会。”

我一下子就反应过来，苏湉应该还在海边。我又想了想她短

消息里的意思，越想越不对劲，她会不会做傻事呢？

本来我想去海边的，但一想到过几个小时又要去接叶子，来回应该来不及了，就急忙打了电话给迪苇，但一接电话，我就感觉他不对劲了。

“迪苇，你现在马上去一趟我们上次烧烤的地方，苏湉可能在那边。”我很着急地叫着，但迪苇没有说话。

“喂……你在听吗？”我像是吼了。

好一阵子迪苇才说话：“小堂，苏湉出事了。”

“什么，你说什么，她现在在哪，我马上去见她。”

“就在刚才给你打电话后，警方打来电话，在我们上次烧烤的海边发现一具女尸，经过验证，她就是苏湉。”

“迪苇，你知道在说什么吗？你告诉我，你是骗我的，这一切不是事实。”我简直不敢相信自己的耳朵。

“小堂……”

“迪苇，我们是哥们的是吗？你告诉我，这一切都是在开玩笑的。”我咬牙切齿。

“小堂，你先冷静点，苏湉的确出事了。”迪苇的声音很小很小，可在我的耳朵里却是那么响那么响。

当我听到这个消息时，我发疯了。我不相信这是事实，但我不能不信啊。我挂了电话，走在街上，像行尸走肉。我不敢去苏湉家。

苏湉，如果我早点看到你的短信，你就不会死，可是你为什么就不打个电话给我呢？

苏湉，其实爱你只是害你，但我不知道伤害你的这天来得这么快，虽然我知道这一天终究会到来。苏湉，我再怎么也没有想到对你的伤害是这样方式，我更没想到你是以这种方式离我而去。

苏湉，我对你实在是太不公平了。

你没有好好享受过我的爱，我也没有对你坦白自己的爱慕之心，你却为我的幸福做出了如此大的牺牲。

突然，我回忆起和苏湉在一起的每一个快乐的时光，她总是给我带来无忧无虑的感觉，和她在一起我没有了浮躁，没有了烦恼，这种爱难道不是最完美的吗？可是我没有把握住。

苏湉，我是有多少地方对不起你的，你可以告诉我吗，我真的不知道啊，难道你真的非要选择这种方式离开我吗？你知道吗？我现在真的像没了水手的航船，在汪洋的大海中毫无目的，随时有被淹没的危险。

我真的很怀念你给我的快乐，你知道吗？这个城市因为有了你，我才会这么勇敢地生活下去啊。

可是，我想象着和叶子见面时的情景，还是笑了。在大难临头的时候还能够笑得出来，我都有些佩服自己的乐观，大概我已经疯了。于是我很早就去了火车站等叶子。

我走进曾经和苏湉一起坐过的咖啡馆，当我一坐进去，我感觉苏湉好像就在我的身边，她在向我笑，让我感觉到不安。

我叫了一壶绿茶，然后等待着叶子。

终于到了九点，我走出了咖啡馆，向火车站广场走去。我站在一个最显眼的地方。我相信叶子看到我的时候应该有感应的，我也会有感应的。

出口处涌出了一大群人，我在那里张望。我真的很傻，我突然想到我从来没有见过叶子，张望又有什么用，可能她刚才就从我的身前走过。于是我开始大喊叶子的名字，但没有任何一个人回答我的问题。

我想叶子可能会给我电话的，但我等了好久好久，还是没有等到叶子的电话，我急了，我想着她肯定是到了啊，但她在哪里啊？

我在人群中穿梭，我抓着很多人问，问他们有没有谁和一个叫叶子的女孩子坐在一起，但他们都说没有。

时间已经是凌晨一点了，我看着出口处再也没有任何一个人出来了，我失望地在火车站广场晃着，我觉得自己已经疯了，我自言自语着，但全部是叫着叶子的名字。

我不知道怎么地又回到了咖啡馆，一直坐到了天亮。

叶子到底到哪里了？

十五、有些话等不及要对你说

“你知道吗，小堂，其实苏湉睡在你家的那晚，她都没有睡，她在看你的日记，还有叶子的信以及你的回信存稿，她无法按捺住自己看下去的兴趣。她只想知道她在你心目中的地位，但她知道叶子在你生命中是不可缺少的部分。”艾静忍不住地打断了我的话。

“你说她看了我的所有日记和信？”当我听到这个结果时，简直不敢相信，原来是我害了苏湉，苏湉有今天这样的结局都是我一手造成的。我开始后悔。

“是的，而且她还贴在你所在房间的门口，听你和叶子打电话，这也许是作为一个女性应该会做的。”

“我真的很对不住苏湉，但到了今天，我才知道我是错得这么离谱，我同时伤害到了两个人。”

“其实也不能说是你的错，爱情应该就是那种瞬间的感觉，像到了你那样的地步也是很难选择的，三个人的爱情必将导致伤害，它可以是一个人伤害，那就是苏湉或者叶子退出，或者是三个人都受伤害，那就是你不爱。”

“可是现在还是三个人都受到伤害啊。”

“没有人一开始就是错的。”

“可苏湉为什么就这样选择了离开这个世界？”

艾静沉默了，我也沉默了。

“叶子到底在哪里？”过了一会儿，艾静又问。

“一切还没有开始就结束了，但这不可能是结局，谁也不会看到结局。”

“很多事情的结局总是会让人觉得微不足道。”

“然而，它给人带来的伤痛往往是一击致命的，甜蜜的过程再漫长也无法拒绝苦涩结局的瞬间。”我沉默了一会说。

“爱情就像龙卷风，来得快去得也快，但它留下的伤害一天天蔓延，让再坚强的人也感到疲惫。”

“有时候一段甜美的爱情一开始就注定着错误，但我们还是措手不及地去爱了，就像我对苏湉，其实爱她只是害她，多爱一点，伤就会越明显一点。”

“在爱情中，爱护与伤害本就没有什么必要去区别和追究的，爱情本来就是永远的伤痛，欢聚的时候你会感到更加甜蜜，分别的时候只会带来更深的莫名其妙的伤痛。”

“对，就如我心中的那道伤口直到今天依然在隐隐作痛啊！”

“痛是理所当然，爱了散了因此痛了，于是怕了，怕了又能向彼此、他人说明什么呢？既然无怨无悔地选择了爱情，就应该做好面临最残酷的结果来临时的突然，一个真正爱了的人，他能够毫无怨言地接受伤害，除非他没有真诚地爱过，爱一个人是应该为了那个人的幸福做出避让与牺牲的，乃至生命。”

“……”

“你对一个人爱得深，那你就应该不顾一切地去爱，我知道叶子在你心中是最爱，但你为什么不去寻找，而选择了逃避？难道你是顾忌苏湉，你怕对不住她？”

“应该是这样吧，但这不一定是全部，我是不知道如何去走下一步，我说过，故事还没有完，谁也不可能看到结局。”

“……”

叶子的日记（二十二）

也许我逃跑去上海见小堂很伤外婆的心，可是我别无选择，当我给外婆写下离别信时就已经不顾一切了，因为我爱小堂，我真的不能没有他。我相信外婆肯定会谅解的。因为我和小堂根本不是她想象中那样，我们的爱并不是那么弱不经风，而且她一直认为最后会像妈妈那样，可是妈妈也并不是她想象的那样。

于是我在外婆出去取拼图时，带着收拾好的行李，还拿了她的一些钱，就走了。

现在的我坐在开往上海的火车上，刚才我在中途下车时给小堂打了个电话，但没说几句就断开了，也许是小堂手机没电了，

但我还是在听到他的声音后有了一种踏实，不知何时开始，我已经对小堂有了这种依靠，

我无法想象自己会在这样的日子里去上海，更想不到自己会在这么快的时间内见到小堂，这又何尝不是我日思夜盼的啊！

叶子

2004年1月22日

“这样说叶子是来上海了？”艾静又忍不住，打断了我的话。

“对，她来上海了。”

“那现在她在哪里呢？”

“不知道。”

“你没有找过她？”艾静看着我问。

“我每一天都在寻找她，但她在哪里我也不知道，我真的很恨自己，为什么不告诉她无论发生什么事都不可以没有了她，你知道吗？我真的不能没有了叶子，这些天我才知道她对我来说有多重要！”我很失望地说。

“她后来怎么没打电话给你？”

“没有！”

“你觉得你们之间有遗憾吗？”

“有，很多话来不及对她说，就像对苏湉，有很多话都没有对她说，直到后悔的时候才知道有些事已经不再能回头了。”

“相信自己，相信这个世界！”

“我现在还有什么勇气去相信自己，相信这个对我如此不公平的世界呢？”

“你不可能是最失败的，最主要你不可以对自己失去信心，否则一切都完了。”

我品了一口咖啡，又继续了这个未完的故事，因为我发觉现在已经迫不及待地想把它倾诉给别人听。

故事还是应该从叶子到上海的那天晚上开始。

那天最令我难忘的是在火车站广场，我握住了一个女孩子的手。

当时，我在广场上漫无目的地寻找叶子，我以为她会出什么事了，我握住了一个坐在花坛边上的女孩的手，问她有没有和一个叫叶子的女孩子坐在一起。她被我吓傻住了，不敢说一句话。后来我才发现她是一个失明的女孩子，我赶忙道歉，然后松开了手，向另一边走去。我依然在叫着叶子的名字，叫得自己心在碎，一个个字肆无忌惮地刺进自己的心。

其实当时，我感觉那个女孩很像叶子，因为当我握住她的手时，我能够深刻地感触到她微妙的来自内心深处的激动，这是一种多么伟大的感应啊！但我不敢去肯定，那时候也只是一种感觉，但我当时的心已经全乱了，脑中已经全部空白。

当时，我不知道应该怎么办，谁有可以了解我的心到底有多痛。

夜一点点深了，我不知不觉中还是去了Luna咖啡馆，坐在那个曾经和苏湉一起坐过的位置上，可是心中全是叶子的模样，她已经充斥了我的生命。我在回想着一个个快乐的时光，回想着看她信时的幸福感觉，于是开始想念她的声音，那个仿佛一直听到现在的声音。

但是，叶子也就这么轻易地从我生命中消失了。我坐在咖啡馆中守到凌晨。

本以为我的生活从此可以灿烂，可是谁也想不到一夜之间我的生活变得一片狼籍，两个心爱的女孩子同时从我的生命中消失了。

其实我明白叶子不会出什么意外，她就是有太多的顾忌。

叶子消失之后的第二天，我从Luna咖啡馆回来睡了不到两个小时，又拖着疲倦的身子到火车站广场等待、寻找，我想能够等到叶子，可是哪有这么容易，我没有见过叶子一面啊，即使我认定站在我面前的人就是叶子，但她否认，我又能如何?

但是我告诉自己必须寻找,就算让我牺牲一切也必须寻找，可是结果永远是一个——叶子真的从我生命中消失了。

晚上七点左右，我沮丧地回家，进门看到迪苇正呆坐在沙发上，我想他肯定是在等我，因为自从苏湉出事之后，我们都还没见过面呢，但令我意外的是，他并没有像以前一样说我怎么过分怎么过分，只是淡淡地说："小堂，有没有兴趣陪我去酒吧？"

我向来对这些场所有点偏见，但我心里正憋得慌，竟然一口气答应了迪苇。我们一拍即合，整理了一下就去了酒吧。酒吧具体叫什么名字，我没有心思去关心，如果是以前，我第一个关注的肯定是这个问题。

酒吧里很吵，因为正是劲舞时间，但不知怎么的，此刻的我很喜欢，因为它能麻痹我的精神，它能让我忘记一切烦恼。

迪苇显然是这里的熟客，一进去大家都称兄道弟的，而我呢？也不同于以前的拘谨——叫了几瓶酒，坐下来就喝了起来。我只是让自己不想任何东西，一直喝着酒。迪苇先去和一些所谓的老朋友打招呼，大概半个小时才回到我身边。

“小堂，感觉怎么样？”由于很吵，迪苇声音有点大。

“棒极了！”我也故意大声地回答。我说完，两个人都笑了，笑得很傻很牵强。我都感觉到我们笑容后面的凄凉。

其实，从今天见到迪苇开始就感觉他不对劲，但我不想问，有时候沉默比什么都好，就像迪苇也不和我提任何关于苏湉的事，最后我还是忍不住问了他一些关于苏湉的事，他并没有回答我，说人死不再复生。其实，他怕我会伤心难过。

最后，迪苇也叫我上去跳劲舞。这玩意，我简直是一窍不通，但还是被迪苇强行拉上了。

在喧闹的氛围中，我跟着迪苇使劲地扭着腰，尽量让自己不要想什么不愉快的事情，可是最后才发现很难，我还是想到了叶子，想到了苏湉。

无奈之下，我还是出了舞池，一个人静静地坐在沙发上。闭上眼睛，不知不觉中睡了过去，大概是休息太少。

我是被吵闹声惊醒的，那声势简直吓人，让我莫名其妙。真正反应过来一看，是因为欢迎酒吧驻唱歌手，台下很多人都疯叫着，气势真不亚于当今流行歌手。可想而知，他在这里很受欢迎。

这时，迪苇走到我身边，他也向我介绍起那个歌手来。

那个歌手大伙都叫他小刀，因为他的右手装了假肢。至于很多细节的问题，大家不知道，虽然那个歌手很平易见人，但大家也都不去问。迪苇还告诉我，他经常来听这里，和很多小歌迷一样，只为了捧他的场。

我们说着说着，突然大家静了下来，然后音乐响起，吉他声随后，大家都很专心地享受着美丽的旋律带来的恬静，我也不例外，说真的，他的声音让我陶醉，让我在安静中忘记很多忧愁。

小刀唱的是《恋恋风尘》，这是我读书时很喜欢的歌，特别是歌词，写得很有意境：

那天

黄昏

开始飘起了白雪

忧伤

开满山岗

等青春散场

午夜的电影

写满古老的恋情

在黑暗中

为年轻歌唱

当他的声音一响起，全场掌声轰隆。我一下子想到了自己的学生时代，曾经很多次，我就是被这样的掌声簇拥着，可是时间过得真快。

小刀连续唱了三首歌，就匆匆下去了。我本来想找他聊聊因为我从他的声音中感到了从未有过的舒畅。可是我找了他很久都没找到，最后跟着迪苇失望地回家睡觉去。

小刀的日记（一）

今天晚上十一点多，我结束酒吧演唱回来，经过火车站广场的时候，突然，一阵幽怨的韵律传入我的耳朵，那是一段熟悉的旋律，是《草原情歌》。

我一下子，停住了脚步，因为这首歌能够给我带来很多力量。我循着优美的笛声走了过去，就如蹒跚学步的孩子向眼前跳动的气球靠进一般。

我猜想着能够用笛子演奏出《草原情歌》的那个人心底一定

也有不可言喻的结，而且她应该也怀着美好的希望和幻想，有着执着的追求。

靠近时，发现一个女孩子坐在花坛边上，很专注地吹着笛子，由于灯光不是很亮，我看不清她的那张脸。但她的笛子吹得很好。我真想不到她能够将《草原情歌》用笛子演绎得如此惟妙惟肖。

等她停下来的时候，我告诉她她的笛子吹得真好。她显然有点惊奇，抬起了头没有说什么。我看清了她的那张脸，多么迷人，她清澈的眸子里像是装着整个世界。

她没作声，大概对我有点警惕。

我为了消除她心里的误会，尽量向她解释。她经我这么一说，终于开口了。

我们聊了一会儿，那个女孩开始放轻松了，但不一会，她又低下了头，若有所思的样子。可是我一时也不知道该说什么。只是坐在她的身边，她一直在发抖，给人一种怜惜的感觉。

我们就这样坐在晚风中，坐在柔和的路灯下。没有太多的言语。

过了许久，她不好意思地要我带她去吃点东西。

我给她推荐了附近一家很好的面馆，说着就走开了，可是她呆在原地一动不动。她用手在前面摸索着，我这才明白她是个盲人。于是我拉住她的手，小心地带她走着，我觉得我们俩真的很投缘，好像是什么时候已经认识的，她就如我邻家的小妹妹。

我带他去了那家面馆，帮她点了吃的。她好像不怎么爱说话。也许我们还陌生，对我有些警惕那是很正常的，何况她什么也看不到，有这想法绝对能理解。

在她中断吃面的片刻，她告诉我她来自满洲里，来上海找心爱的人，那男孩子叫小堂，他们只是用纸笔互相倾诉心情，从没见过面，可是她从小就得了一种怪病，医生说那类似于“视觉神经发炎”，她随时有看不见的可能，所以她只是想在还能看见东西的时候见小堂一面，她告诉了他什么时候到上海，可是就在火车差不多到上海站的时候。一觉醒来，才发现自己什么都看不见了。她说着眼眶湿润起来，她还说最遗憾的是至今还没看过他的脸。

我疑惑地问她为什么不给小堂打电话，她说不敢，她说这样子只会给他带去累赘。说着她哭了出来，后来她哭着说，就在刚才，她坐在广场花坛旁，小堂就紧紧地握住我的手，大声呼唤着她的名字，可她始终没有勇气认他，她仿佛可以看到小堂的那张脸，那么熟悉。

看着她吃面，我却想：爱情真有这么大魅力吗？

小刀

2004年1月23日

小刀的日记（二）

昨天，我在火车站广场认识了一个从满洲里来的失明女孩，不知怎么的，我现在突然有点想念她，因为我担心她，担心她在上海这么大的陌生城市里什么都不方便，而且她也不在昨天我送她去的酒店，听说是今天早上退的房。

她到底去哪里了呢？

可能是因为她和我一样，都是不幸的人，我在她身上找到了很多仿佛存在于我身上的东西，可是我现在很后悔，我连她的名字都不知道，也不知道更多的关于她的事情。

我喜欢和她说话的那种感觉，仿佛句句都说到我的心坎上。

因此，昨天晚上回来后，我躺在床上，久久不能入睡，我又回想了自己的过去，那些令我发酸的日子。

想着想着，我突然决定要找到昨天那个失明的女孩。

小刀

2004年1月24日

不知道为什么我开始喜欢去小刀驻唱的那个酒吧，这两天我都去那里，只为了听他唱歌，而且我也想交他这个朋友，可就是没有这个机会。每次他下台时就消失不见了。于是我想到请迪苇帮忙，他和这里的人熟悉点。

我以牺牲一包中华香烟的代价把迪苇请到了这个酒吧，而且包了他今晚的所有消费，只为了认识小刀，但让我欣慰的是还真让我认识了小刀。我坐在那里聊了一些事情，但基本上是些废话。

也许是第一次的原因，所以大家都没有什么话题。

后来，小刀说很迟了，要回去了，我们就告辞了。

当我和迪苇经过火车站时，我又去了广场，我想找到叶子，可是哪有这么容易，也许这已经是一种习惯了。

回去时，突然想到了那天晚上被我握住手的失明女孩，莫名其妙地想念她，想念我们的手握在一起时的美妙感觉。

但是，我连她什么样都没有印象了。

没有想到的是，第二天，我在公交车上，又一次遇到那个失明女孩，可惜的是，我当时始终没有想不起来她就是那个我在火车站前握住手的。

正因为那个女孩是一个盲人，这让我打消了是叶子的可能性，但我已经无法忘怀那种惊心动地的感应，那种感觉时刻在抨击着我已经伤痕累累的心，让我不知所措。

第二天，我去找迪苇，因为他前一阵子一直在筹划网络公司，昨天租了个地方，叫我也过去看看。

我还是先去了一趟火车站，不知道什么时候开始这已经是一个习惯了，虽然这不能代表什么，但我还是一如既往地做了。在爱情中的等待本来就是如此，我们的付出可能不会代表与说明什么，到最后有可能只是一场空，可是还有人那么痴迷地追求着那种让自己坦然的感动，他们还是默默地付出着。

当我坐公交去迪苇给我的地址时，我看到了一个失明的女孩也正上车，和他一起的那个男孩子拿着东西，于是我就上前牵着她的手，我也说不明白那是什么力量让我做出这种决定的，我知道这不可能只是出于人性本能这般简单。

当我握住她的手时，我感觉到冰凉，这使我对这个女孩产生了怜悯与爱惜。

公交车开动了，车内的人不是很多，我看着坐在不远处的那个女孩。我想和她说几句话，但我不敢说出口，我感觉到我们应该是在什么时候已经认识的，但我想不到到底是什么时候，什么地方。

朦胧之中看过她一眼，从此不想再睁眼去看别的什么，只要想到那个神秘感觉，我决定从此不再合眼，我想看清楚她。

她就那么安详地坐在那里。

我望着她，在她长长的睫毛下闪烁着一种宁静与美丽，她的眼睛发出钻石般夺目的光芒，我感觉她应该可以看见这个世界，看见所有的一切。

车厢的广播报站时，她和我几乎是同时站了起来，又是同样的一种感觉和力量让我牵起了她的手，下了车，然后我就离开了。从头到尾我们没有说过一句话，然而，在我的心中却荡起了一种莫名其妙的感觉，那应该是一种爱，让我无法阻挡。

在去迪苇公司的路上，我一直想着什么时候能再见到那个女孩，为什么我会莫名其妙地去想她，为什么我会毫不犹豫地去怀念那种感觉。

也许，我只是爱上了那种熟悉的感觉。

回到家，我还是在想着那奇妙的感觉，想着那个女孩，终于才明白是1月23日晚上在火车站广场见到的那个，因为我又一次想起了叶子。

原来我只是想念叶子，因为那种感觉是叶子给我的，而这个失明的女孩只是让我想起了叶子，也是她让我更迫切地思念叶子。

朦朦胧胧看过她一眼，清清楚楚刻在我心田，我一天无法忘记那种感觉就无法忘记叶子。

然而，我还能够看得见那个失明的女孩吗？

十六、我连笑起来都不快乐

小刀的日记（三）

现在叶子就坐在我身边不远处，叶子就是前两天在火车站认识的那个女孩。她一直在抚摩着一些他带出来的拼图，她说那是一直出现在她梦中的男孩，他们有着美丽的约定，他们约定在上海这座城市会见面，可叶子现在什么勇气都丧失了。她不敢去幻想自己的未来，不敢去追求自己曾经发誓宁愿牺牲生命去守侯的爱情——和小堂之间的爱。可是这一切都成了过去，只因为她是失明的女孩。

她自卑！

其实，我很庆幸能够再次遇上叶子，昨天晚上我去酒吧演出回来，经过火车站时，突然看到一群人围在一起，我也凑进去看看。我惊呆了，我一下子就看到上次那个吹《草原情歌》的失明女孩蜷在角落里，旁边放着行李。

我索性地钻进人群，蹲在她旁边，用手轻轻地碰碰她，但令我诧异的是她的反应很大很大，她推开我大叫着要我走开。

我一下子傻住了，怎么回事呢？

于是我尽量说第一次见到她时候的情形，希望她能想起我。她全身一直在颤抖着，没有作声，但叶子慢慢地平静下来，和我说了自从上次酒店里和我分开之后的事，她说在上海根本不习惯，因为她看不见任何东西，本来想住酒店，但又没钱了，于是只能流浪在街头，可是一出去，根本就不知道该干嘛。也遇上一些好心人，比如有时她去坐公交，很多人帮她，帮她指路，而且上公交时，有人牵她手。

后来，我带她去吃了饭，她告诉我她的名字叫叶子，还或多或少地和我讲讲关于和小堂之间的事。

她吃饱后，坐在那里发呆，本来我想带她去住酒店，可想想自己租来的房子还有个房间，就叫她如果不介意的话就去自己那

边先住着，这样彼此也有个照应。一开始叶子怎么也不同意，但经过我再三说服，她同意了。

我也不清楚为什么会这样帮叶子，也许我们都是这个时代不幸运的人。

小刀

2004年1月26日

这几天，我都在帮迪苇筹划公司的开张事宜，买电脑，布置公司，简直是濒临崩溃了，但还是挺开心的，因为自己的好兄弟终于出人头地了。后天就是他公司正式开张的日子，于是我们哥儿几个提前先庆祝一下。

于是，我负责联系了大学时的同寝哥们。

我们几个到齐之后，去了酒吧，令我惊奇的是他们带来了一个久违的朋友，那就是大学时校长的孙女——倩倩。当我在这么长时间后再一次看到倩倩时，差些认不出来了。她还是那么迷人，比以前更加有女人味，更有丰韵了。这个现象导致迪苇当场凑到我的耳朵边说决定要追求她了。迪苇的速度让我大吃一惊，好像不到一分钟吧。

以前在大学时，我就说过给迪苇介绍倩倩，但迪苇一听到是校长的孙女，一定是娇生惯养的，马上把我的好意给拒绝了。可是刚才他向我说相见恨晚。

我也可以看得出来倩倩对迪苇的第一感觉还是很不错的，而迪苇对倩倩真是关心细致入微，所以那天倩倩的罚酒全部由他拦下，很明显大家都看得出迪苇这小子有“企图”，大家也成全他，给他创造了很多机会。

倩倩不知是一见钟情还是被迪苇的一份痴心打动，等我们唱歌结束后主动要求搀扶迪苇回家，你不知道那小子酒后有多么狼狈，多么疯狂。

酒后吐真言。迪苇真是酒后吐尽了一直埋在心底的话，交了几个女朋友，现在一天干什么，当然也说到对倩倩的一见钟情，然后就是把喝进去的全都吐在了倩倩的身上。

我们无法想象的是倩倩竟然还用纸帮他擦嘴，这可不是她一贯的作为啊，我们只得愣在一旁。

倩倩将迪苇送到楼下，由于一身脏先告辞了，嘱咐我管好迪苇，而那两个家伙走了一段路，吹了些风，头脑清醒了些，至少能够自己摸着上去了。

后来，那几个家伙都睡在我和迪苇租来的房子里。

“小堂兄，你知道吗？你和迪苇走了之后，我们没有让任何人入住这个寝室。你们的位置一直留着，我们还一直希望你们能再回来呢，现在想想不可能了，我们也快要离开那地方了。”晶辉明显也清醒了，坐下来就说，说话一点也不含糊。

姚伟一触到床就呼呼大睡起来，开起了喇叭性能还可以的拖拉机，我们这几个比较清醒，于是坐下聊了起来。

正当我们聊得起劲，迪苇一个转身，把肚子中剩余东西吐到了雨勃的身子，雨勃当场来了个鱼跃冲顶，那架势一点也看不出来是喝醉酒的，我们只能笑，而迪苇还是继续昏头大睡。

雨勃大骂：“你们这群家伙还是不是兄弟啊，竟然幸灾乐祸。”

“没有办法啊，手心是肉，手背也是肉，只能怪你运气不好，你不是常说酒后闹事不犯法的吗？”晶辉回答。

“我是上辈子欠他的，不行就不要逞能，追女孩子就不要命。”雨勃开玩笑说，“反正要洗澡了，否则把他从这楼上扔下去。”

晶辉说着去了洗手间，我们听后又是大笑。我和晶辉笑得肚子一阵痛，连帮迪苇擦嘴的毛巾也快拿不住了。

等雨勃洗好出来后，迪苇的鼾声已经可以杀死几个人了。于是我们就把他抬到房间里安顿好。我们三个在客厅里继续聊了起来，聊他们的学校生活，聊爱情，聊女人。

好像女人总是永恒的主题，在学校时这样，等有一天我离开了学校，还是这样，而我也就是在女人间徘徊、迷茫。

其实，女人就如一本无法读透的书，你从不同角度去理解，都将呈现不同的答案。他们还会运用不同的表现手法。他们呈现的文字可能像鲁迅先生的一针见血，亦或小资得让人全身起疙痞；他们还可以豪放得让人激情四射，亦或婉约得让人进入沉思；他们可以欢快得淋漓尽致，亦或感伤得柔情似水。

他们的一个眼神，一个动作都像名著，令你回味无穷。她们有时可以是一片沼泽，让你进去就越陷越深；有时是一片绿洲，让人无限向往；有时还可以是荆棘，让人不能接近一步。

谈着谈着，那两个家伙也熬不住了，占了我的床，睡了下去。我突然想起了叶子和苏湉，可他们都离我而去了。

第二天早上我们几个起来得都很迟，大概是酒精的作用。一起来，那两个家伙发现学校上课时间都过了，而且听说是大学里流传为“巫婆”的丁老太的课，他们边刷牙洗脸地忙了一会儿，就向学校冲了。

我把迪苇从梦中拉了出来，他揉揉眼睛问我昨天晚上怎么样了？

“你昨天太像男人了。”我随意回答了迪苇后就离开了。可是迪苇的反应大出我所料，他不但没有倒头大睡，而是马上从被窝里窜了出来，跟在我后面问具体情况。

我叫他先整理一下再问也不迟，他果真很识相地去了洗手间，一会工夫后，迪苇就跑到我面前。

“小堂小堂，快和我说昨天的事情，就从……从我醉得差不多时开始讲。”迪苇说着就在我身边坐下。

“老兄，到底什么时候才算你醉得差不多啊？”我这不是故意逗他，果真不清楚迪苇指的到底是什么时候。

“你小子别装傻，就直接点，说说倩倩吧。”迪苇这才说出了真心话。

“那天晚上你喝得烂醉，然后吐得倩倩全身都是，她却出奇地送你回家。这可不是我认识的倩倩。”

“什么？你说什么？那你帮我向她道歉了吗？”迪苇很着急地问。

我张开双手，给他使了个眼神，他一下子呆坐在那里，嘴巴里一直嘀咕着：“完了，完了，这下子什么都完了。”

“什么东西完了啊？”我一阵狐疑。

“你们这群平时称兄道弟的家伙关键时刻怎么就不讲义气呢？完了，完了，没有希望了，倩倩一定对我的第一感觉极差。”我一下子不明白迪苇怎么突然变得这么多情了。以前不是这样的。《红楼梦》里就提到“女人是水做的，男人是泥做的。”这就是说男人再怎么自以为是钢制的，遇上了女人还是会自动消融的，也会被压垮的。

“其实呢？事情并不是你想象的那么糟糕的，倩倩对你的印象很不错的。”

“真的吗？那这样说我还有希望？”迪苇真是大改往日的性格，难道这就是男人发春的表现吗？我自问。

“希望是自己去把握的。”我说完就走开了，迪苇傻在一边久久没有发出声响，大概在筹划怎么追倩倩了。

我却陷入了长长的对叶子的思念之中。

小刀的日记（四）

自从叶子来到我租来的房子之后，她除了跟我提他和小堂之间的事，很少说话，好像她生性不爱说话似的。

她一整天都坐在那里，数着和小堂之间的信，一封两封三封……或者就是拼拼图，她什么都看不见，只是凭感觉拼着，一块两块三块……令我吃惊的是，她竟能很准确地拼凑出那些拼图，好像那些拼图都在她脑子里似的。

虽然她不说话，可是我能读懂她的内心，她是怎么想念小堂。可是我一点忙也帮不上。

我很多次对叶子说打个电话给小堂，然后我带她去和小堂碰面。每当此时，她就会不开心，她总是说，在她没有做好百分百的心理准备前，不会去和小堂碰面的。我知道叶子这是自卑。

而且她要我答应她，即使我有一天真的碰到了小堂，也不能泄漏任何关于她的事。我不想叶子失望，无奈下只能答应了。

小刀
2004年1月28日

迪苇的公司正式开张了，我在那里忙了一天，迪苇和几个合伙开公司的家伙去庆功了。他要拉我一起去，却被我拒绝了，因为我想独自一人静下来想些事。

从公司出来后，暮色已经笼罩着城市的上空，我漫无目的地走在城市街头，不知不觉走到了小刀所在的酒吧。我点了喝的和吃的东西，坐在一个角落，等待小刀的到来。曾几何时，我对他的声音有了一种莫名其妙的依赖。

九点钟是小刀的节目，他很准时地上台，演唱了三首歌匆匆下台。

过了十分钟左右，一个声音在我响起："我可以在这里坐吗？"

我抬头一看，小刀端着一杯酒站在我的面前。

"当然可以！"我急忙回答。

"我最近经常看到你在这个酒吧，而且总是静静地坐在角落里。"小刀坐定后说。

"对，以前我不喜欢泡酒吧的，只是上次经朋友介绍，就是那个迪苇，你应该认识的，他应该是这里的常客了。"我说着又想到了叶子和苏湉，因为就是她们的消失我失意才来的这里。

"我记得他，上次好像还是他介绍我们认识了一下，但由于我赶时间，没聊一会儿，就告辞了，真抱歉。"

"没事，说实在的，我喜欢你的声音，可以让我忘记很多忧伤。沉浸在你的歌声中是一种享受。第一次听你的歌，是我最失意的一天，那天，在我生命中最重要的两个女孩同时消失了。"我说着小刀没了声音。

"我以为自己可以拥有爱，到最后才发现爱离我很遥远。我以为自己可以很好地处理三个人之间的事，我以为我可以好好爱其中一个，可是到最后一个女孩选择了跳海自杀，一个女孩答应我从满洲里来上海，可是当我在火车站等她，直到凌晨她也没有出现，她就这么轻易地从我生命中消失了。"我说着沉默了，因为我的胸口在隐隐作痛。自从叶子和苏湉消失那天起，我一想到她们心就会隐隐作痛，像被一根细细的针刺着。

"满洲里？"小刀很诧异地问。

“对，她是我的一个笔友，我们从来没见过面，只是通信，有一天才发觉彼此都深爱着对方了，我们就这样相爱着，克服了重重困难，最终她决定逃跑来上海看我。可她还是消失了。一开始，我认为她会出意外，但这么多天下来，我觉得她只是顾忌太多。”我不清楚小刀到底惊奇什么，大概对这个地名有感触，只管自己说。

“可以告诉我这个女孩子的名字吗？”小刀问。

“她叫叶子。”小刀听完就沉默了。我有点不明白小刀为什么会问叶子的名字。

“叶子？”过了好一会儿，小刀问了句，语气中还是有点怪怪的。

“你认识她？”

“不，不，我只是觉得这个名字很美。”小刀说，“对了，后来你找过她吗？”

“我每天都会去火车站广场找她，可是她没有出现过，其实，就算她站在我面前，我也不认识，因为我们从未见过面。”我有点失落地说，因为我又想到了那个在火车站前，在公交车上握住手的女孩，我有时候真以为她就是叶子，可是她是失明的，我又打消了这个想法。

我说完小刀又一次陷入了沉思之中，那状态根本不像在舞台上的他，可是我不清楚是什么原因，我也不问。

“你觉得叶子是不是出意外了呢？”问完这话，我自己都觉得有点唐突，因为小刀根本不认识叶子，而且也不知道我们之间的事，怎么可能知道结果怎样呢，但他的回答却让我大吃一惊。

“我觉得叶子很好！”小刀的回答很干脆。

“为什么会这么肯定呢？”

“只是一种感觉。”小刀说，“我要先回去了。明天你还会来吗？”

“可能吧。”

“好。”小刀说完就起身了。

小刀走后没一会儿，我也离开了。

小刀的日记（五）

我真想不到在酒吧刚认识不久的那个男生就是叶子的心上人——小堂，由于第一次见面很仓促，也没问，但刚才终于弄明白了，原来我就是叶子和小堂之间的桥梁，可是我很苦闷。明知道现实又不能帮上他们，因为我答应过叶子在她没有完全做好心理准备前即使知道小堂的下落，也不会泄漏秘密的。

我就很诧异，好像叶子早就知道我会认识小堂，仿佛这一切都是注定的。

我不知道要不要把这个事实告诉叶子，告诉她小堂为了寻找她变得很落寞。经过再三考虑，我决定先别告诉叶子，因为那样只会增加她的失落，我应该让她好好考虑。

可是看着叶子有事没事地数着小堂的信，然后抚摸还差一点的拼图，我的心有莫名其妙的痛，心仿佛在逐渐粉碎。

小刀

2004年1月30日

小刀的日记（六）

今天我带叶子出去散散步，因为我觉得她这样一直呆在家里很不好。

我带她去了世纪公园，但她没有我想象的那么开心，她静静地坐在草地上，没有太多言语。我无微不至地照顾她，给她买吃的。

但问题出现了，当我给她买了一个气球，她抱着气球竟然哭了起来，我一下子傻住了，问她怎么了她也不说。我急得像热锅上的蚂蚁，但无计可施。

过了很久，叶子终于平静了下来，她拿出了一直携带着的笛子吹了起来。幽怨的笛声吸引了很多人的围观。可是叶子看不见，我告诉她后，叶子的心情也渐渐高兴起来。直到暮色笼罩天空我带叶子回家。

小刀

2004年2月1日

迪苇这小子公司刚开张不久，就开始不务正业了。坐在办公室里却和我通起电话。先是彼此恭维几句，然后他就进入主题，当然还是倩倩的事情，何时起，他对女孩子这么在乎了，看来这次是来真的了。

一开始我开开他的玩笑，可是迪苇并没有像以前一样大骂我，而是向我坦白了自己的心情，他说从来没有过这么对一个女孩子这么迫切地思念而且说快支撑不住了，很想马上见到她。我听后大笑。

可这一笑倒把他惹急了，我赶忙赔礼，最后问："你确定你是喜欢上倩倩了？"

"我这才尝到一见钟情原来是这么幸福又这么痛苦的事。"

"你确定倩倩是你喜欢的类型。她的骨子里是两个极端的因子，她可以是严寒，也可以是酷暑。你和她在一起，可以享受到春天般的温暖，比如她会拿着中饭在你公司门口等上几个小时，只为了和你一起吃午餐，但她可以让你承受寒冬般的煎熬，你忙了一天回家还要你洗衣做饭拖地板。她可以忘记你们的结婚纪念日，但可能心细得能够及时发现你衬衫最上端的纽扣掉了，还有很多很多。"我简直把倩倩的优点缺点都总结了。

"我相信自己的感觉。你应该在这个方面比我有体会，当你对一个女生的思念超出了界线，很想拥有她所有一切，这将是预示着什么？自从上次一别，我就开始想念她，现在在公司也心神恍惚。然而，当我想到她的模样，一种幸福的感觉传遍了我的整个身子，顿时觉得生活充满希望。"迪苇说得有些无奈。

"既然你知道她就是你所想要追求的女孩，你整天坐在这里朝思暮想，不行动能够成功吗？"有时总觉得自己是世界上最虚伪的人，在别人面前总是把男女爱情看得如此简单，诠释得滔滔不绝。当到了自己身上竟然不能做任何事，也许这就是幻想与现实的差距吧。

"你要我怎么行动啊，你又不是不知道这是我第一次对一个女生有这种宁愿用生命去换回她对自己的回眸一笑的感觉。"迪苇的深情让我难以忍受。

"那你要我怎么帮你？"我直截了当地问。

“有她的手机号码吗？”

我只是笑，然后给她报了号码。这家伙得意得马上挂了我的电话。

有句话说得很对，为朋友可以两肋插刀，为女人可以插朋友两刀。

小刀的日记（七）

由于上次带叶子出去散心，回来她好像很开心的样子，于是白天我一有空就带她出去走走，然后在公园、广场陪她演奏一些她喜欢的曲子，总是能吸引很多听众，每当我告诉叶子，她总是很幸福的样子，有时她也会说，只是小堂听不见。每次说完，她就陷入了沉思之中。我看在眼里，愁在心里。

我在苦闷这样下去，叶子何时才能和小堂见面。最后在回家的路上，我忍不住地和叶子说了其实我和小堂认识，告诉叶子小堂很失落，并且劝叶子去认小堂。可是叶子听了之后很不开心。可是她并没有表现出来，只是在沉思着什么。

小刀

2004年2月4日

小刀的日记（八）

我一直悬在心上的事情还是发生了，今天我去酒吧演出，本来想找小堂的，可是他没来，突然感觉会出什么事，果然，当我演出结束回家后，叶子不见了。我在家里找了叫了很久，可叶子不在了。我清楚她是怕我向小堂泄漏叶子就在我家的事情。

我一下子傻住了，脑子好像被一恶棍击中，久久不能反应过来，我真想不出下一步该怎么做。过了一会儿，才回过神来，不假思索地冲出门，漫无目的地奔跑在街上，可是街上没有人烟，静得一塌糊涂，我叫着叶子的名字，响声回荡在半空中，响在寂静的夜晚，那么刺耳。

可是没有叶子的踪影。

直到深夜我无奈地回了家。

小刀

2004年2月6日

自从迪苇从我这里弄到了倩倩的手机号码，得知倩倩对他好像有些好感，就大肆进攻，好几天都是很晚才回来。每次见到还在电脑前玩弄文字的我就是笑，让我无法形容他的幸福和我的痛苦。我无话可说，只能祝福。除了这又能如何。见到自己最好的哥们沉浸在幸福之中，这不也是自己的幸福吗？

“昨天我约倩倩去吃饭，今天我们一起去看了场电影。”迪苇坐在我旁边说着。

“是不是觉得她每一个方面都是优秀的？”我停住打字的手。

迪苇只是笑。我警告他一定要好好对待倩倩，他应了句就离开了。

可是迪苇走后，我心里异常地难受，感觉酸酸的又苦苦的。我清楚这种滋味是对叶子的思念引起的。可是我始终找不到叶子。

小刀的日记（九）

我找叶子两天了，可是根本没有她的任何消息，我一直在担心，像她这样连生活都不能自理的失明女孩子怎么在这个陌生的城市里生存。

我越想越可怕，但又不能做什么，白天只能在城市里穿梭，希望能够找到叶子，但总是徒劳。自从叶子离开之后，我觉得生活变得无趣了，演出也时常分心，脑子里全是叶子的影子。我发现对叶子已经不是简单的怜惜，就像我为什么这么帮她，那是一种发自内心的情愫。

我也清楚地认识到我开始不能过没有叶子的生活了，当她离开之后我才发觉。

就在我找她找得快发疯的时候，叶子出现了。

小刀

2004年2月9日

小刀的日记（十）

昨天，我演出结束后，在酒吧里找了一会儿小堂，可是他又没来，于是一人徜徉在街头。经过闹市区的时候，突然看到几个男流氓样的人好像在欺负一个蜷缩在角落里的人，我没看清楚角落里那人长什么样，本来心里就有点火，于是走上前去，一看，是叶子。她又像上次那样蜷缩在角落里发抖。那几个男流氓还不停地嘲笑她。

我叫了叶子一声，她渐渐抬起头，我看着她颤抖的样子，心里像在下着雪。

我一气之下，和那几个家伙动起手来，但由于他们人多，我被他们几下子打倒在地。这时候有围观的人上来了，那几个流氓也匆匆离开了。

叶子却无法按捺自己心中激荡的情绪，开始哭了出来。

她哭着说让我伸过手去让她知道我没事，于是我伸手握住了叶子的手。

她还要摸摸我的脸，让她知道我是快乐的。叶子探索着，然后抚摸着我的脸，我看着她大颗大颗的泪水滑落了下来。

最后，我答应叶子，绝对不会向小堂泄漏任何关于她的情况。

我说完撑起身子，带着叶子回家了。

小刀

2004年2月10日

小刀的日记（十一）

找到叶子之后，我再也不敢随便给叶子压力，经常带她去公园、广场，然后两个人一起演奏曲子。从叶子的一些言行中我能感觉她很想回到从前那样，能够看清一切，于是我和叶子商量去眼科专家那里问问情况。

一开始叶子怎么也不同意，因为她一直认为自己的眼睛是没

有希望医好的，而且这样会增加我的负担。

最后，我想方设法说服叶子，她还是答应了去尝试一下，她还告诉我，在上海有个眼科专家，是她外婆的朋友。

我按照叶子依稀记得的电话号码给那个专家打了电话，果真找到了他。他让我带叶子过去检查检查。于是第二天，我就带着叶子过去了。

经过那个专家的一番仔细检查，给了我们一个大惊喜，他说叶子的眼睛可以医治，但问题是需要大笔的手术费，而且还要找到合适的角膜。

叶子听后就劝我放弃，我也没有再说什么。虽然这些年有了一些积蓄，但十万多手术费对我们来说是个大数目。

回到家，我告诉叶子，一定要珍惜这次机会，不管牺牲什么代价。

小刀
2004年2月13日

这辈子最孤独、最痛苦的情人节过后，我对迪苇情人节后去他公司上班的承诺也该去兑现了。我决定明天去迪苇的公司报到。

第二天，我还是先去了火车站广场，然后去坐那趟公交车，我想我是怀念那种感觉的，因为我同样思念着叶子。我感觉叶子就在我的身边，还能够听到她的呼吸，感觉到她的心跳，我们之间只有一个伸手的距离，然而，我始终无法抓住她飘摇的身影。

这些日子，我毫无头绪地去想着一些事，是这些年来发生在我身边的事，然而，它们积累在一起，把我弄得如此狼狈。

这一切应该是爱情带来的，我们为了爱情如此固执，到底会有怎样的回报呢？

爱情这东西让我对生活充满信心，然而也是这东西让我对生活失去了斗志，就如叶子和苏湉出现，让我看清了爱情的颜色，是那种纯纯的蓝色，然而，也就是她们让我卷入了爱情的旋涡中，让我在混杂的爱情色调中迷茫，于是我就如一个色盲患者，眼前只有单调的颜色，我的生活被灰色充斥着。

我本就不应该拥有爱情的，但我比任何一个人都热情地投身于爱情，可是，付出真的给我回报了吗？没有，我只是一次次在爱情中跌倒，然后起来，再跌倒，膝盖破了，骨子脱臼了，可是我还顽强地爬向爱情，我宁愿死，也要沐浴在爱情的光芒中。

在爱情中的人们是不是都会这样？我知道苏湉是这样的。

其实，苏湉的不幸对我来说永远是个痛，永远是一层阴影，我尽量让自己不去想，但无法控制，每个阴天或者飘着细雨的日子里，我的心会开始绞痛。

有多少话想对苏湉说，可是这已经不再可能了，她还是离开了，尽管有多少个不愿意，而且我连补偿的机会都没有了，但在此我还是想对苏湉说千百个对不起。

有时真的想静下心来好好想想一些问题——到底对叶子和苏湉哪个人的爱多一点，可是我还是不清楚，也许我只能说，事情过去了，一切都改变了，现在惟一能做的就是找到叶子，

有时候我也在想，如果苏湉没有走向大海的怀抱，我会做怎样的选择，我的生活又会是怎样。

我想我的世界已经不再属于阳光了。

在找不到叶子的日子，我还是那么频繁地在梦中出现苏湉。很久以前，每当我不快乐，就可以找苏湉出来，陪我解忧，可这一切不再有了。

苏湉，我对你有太多的不公平，我希望你能够原谅我，现在的我连笑起来都不快乐，我连做着梦都泪流。我经常也能感受到你一直还在我的世界里，你一直在注视着我。

苏湉，你可以给我一点指示吗？你可以告诉我叶子她到底在那里吗？或者说是那个公交车上的女孩现在到底在哪里。

我渴望能够找到那个女孩子。

十七、和爱过的人说我的伤心

小刀的日记（十二）

自从得知叶子的眼睛能治疗，叶子更犯愁了，因为有希望后的失望是最可怕的。

我一直去筹钱，希望能够帮叶子，希望让她见到小堂，重新看到这个世界。可是专家口中的那个数字还是可望而不可及。于是我又去想找点别的事做做，只希望赚到更多的钱。

今天晚上我回来很迟，却发现叶子坐在那里等我，她问我是不是又为她的事忙碌去了，一下子我也不知道怎么回答。

于是我就找些别的话题以逃避叶子的追问，如果她知道我为了帮她治疗眼睛，在外面找别的事情做肯定会反对的。

可是，我只是想叶子能像从前一样看到这个缤纷的世界，最主要的是她应该和小堂在一起，如果只是像现在这样，不知道什么时候才可以帮你治眼睛，我可以看得出，叶子很想念小堂，而这也是我惟一能够帮你的。”

我也不知道为什么要帮叶子，其实，自从我们第一次相遇，我就发觉那是一种缘份，生命本来就是一次次奇遇，在这个社会里，能够找到几个真正的知己，已经很不容易了，能够为知己做出点什么何尝不是种快乐，我们都是苦难者，正因为我们有着美好的追求，因而我们快乐着。

小刀

2004年2月19日

叶子和苏湉消失后的生活就像雨后树叶上的纹路那么清晰地展现在我眼前：早上八点多起来，整理了一下，大概十点到公司，过不了一会儿就吃午饭，吃好之后再坐几个小时就拿起公文包回去了。我就这么昏昏噩噩地过了一个多月。

每次上班，我还是习惯性地坐公交车，我希望能够再一次遇见那个失明的女孩，我真的很怀念她给了我的那种熟悉感觉，其实我是不想忘记叶子给我的感觉。

其实，中午我也根本没有心思待在公司。坐在那里，我只是想念叶子。思念是一种奇怪而且残酷的东西，当它来临时我们无法抗拒，特别是夜里。

叶子已经把我的心全部都带走了。

叶子，既然你爱过我，但你为什么又忍心离开我？

一直想着一件东西却始终不能出现，不去想时却出现了。今天，我照例去上班，然后下班，坐地铁到人民广场站下车，在我出门时，胸口一阵刺痛，然后看到那个我一直寻找的失明女孩正想进地铁，那时候我真的不敢相信自己的眼睛。

我在心里嘀咕：我终于遇上了她了。

我自问这是真的吗，这是命运的宽容还是又一次不怀好意的玩笑。

她身旁走着一个男生，看清她旁边走的人是小刀时简直不敢相信，本决定就这么望着她消失在我的视线的，但不知为何，我怎么也无法控制情绪，转身向她飞奔过去，然后抓住了她的手。

我感觉从我身边擦肩而过的人就是叶子，仿佛这次错过了机会以后就再也不会有碰到她似的。

“你就是叶子吗？”我抓住了那个失明女孩的双肩，她很惊慌的样子。

“你是谁？”那个女孩子有点害怕地问。

“小堂，怎么会是你？”小刀很惊讶地问我。

“小刀，你实话告诉我，她是叶子吗？”我望着小刀问。

“小堂，你可能认错人了。”小刀看了看那个女孩，然后对我说，“我们得走了。”

小刀说完牵起那个女孩的手进了地铁。我伸出的手握住的只是空气。我的心一下子凉了。这种感觉像是从天堂到了地狱，像是从火山口到了冰窖。

我傻傻地站在原地，不知该做什么。好一阵子，我才回过神，可地铁缓缓地启动了。我拼命地追着，发狂地叫着叶子的名字，但地铁还是消失在隧道里。

我走在隧道中，在反光玻璃上看着自己，然而，看到的只是悲凉。

小刀的日记（十三）

傍晚时分，我带叶子散步回来，快要进地铁时，却遇上了小堂，她抓住叶子的手，问我她是不是叶子，可我骗了她，因为我答应过叶子。

回到家，叶子告诉我今天在地铁站，小堂握住她的手，那种感觉太熟悉了，后来她告诉我那就是在火车站广场上，在公交车上握住她的那双手，当时我傻住了，问她为什么不认她，她却沉默了。

我明白其实她心里比谁都难受，但又能怎样，我只能安慰叶子只要快点筹集到钱，很快就可以和小堂见面了。叶子很无奈地点点头，我们都知道这是一个很遥远的答案。

我清楚叶子和小堂都还要承受很多的痛苦。

小刀

2004年2月23日

小刀的日记（十四）

叶子和小堂的再一次错失后，叶子开始变得沉默寡言。她一有空就坐在那里拼拼图，她很仔细地凭感觉拼着，经过这么久，她终于快拼全了。可是我却发现了一个惊喜：拼图上的男孩子很像一个人，那人仿佛就在我身边，可一时想不起来。

于是，我让叶子先别拼，让我仔细看看，我才发现那男孩子就是小堂。我把这个惊喜告诉叶子时，一开始她很激动、开心，但一下子就沉默了。我明白她又想到了自己连看一眼的机会都没有。

我只能再安慰叶子。

小刀

2004年2月26日

独自在家的时候，我就会胡思乱想，想着曾经一点点很细微的事。我会翻看叶子给我的每一封信，只要和叶子能够扯上关系的东西我都不会放过。

我会一次次拼拼图，但那永远只是一个残缺的拼图，拼图中的那个人很熟悉然而我又不能确定他到底是谁，有时候感觉那个人就是自己。

我有这个发现是一次拼拼图时，那天我的心情简直是糟透了，我希望能够通过思念叶子给自己一些安慰，但到最后才明白让我心情不愉快的就是叶子。

我看着房间茶几上的那张残缺的拼图，然后想到了叶子。我想着叶子是不是去寻找拼图中的这个男孩子了。这么想着，心就会乱成一团。我用力将拼图掀了起来，然后一块块拼图从头顶砸在我的头上，我闭上双眼，我知道我的眼泪即将滑落，于是抬头将眼泪强忍住，但情绪始终无法强忍住。

我大声叫："叶子，既然你爱过我，但你为什么又忍心离开我？"

叫喊声回荡在房间中，我的眼泪却滑落了，我的眼泪滴在那一小块一小块的拼图上，我的双眼模糊了，但我却发现了一个惊喜，我看到了拼图上的一个黑点，那是一颗痣，于是我收起了眼泪，将洒了一地的拼图一块块重新拼了起来，最后我发现那颗痣和我耳朵边上的那颗不仅位置相同，就连大小也差不多。

这个发现对我来说应该是一个惊喜，但我还是不敢确信，虽然如此，我对找到叶子还是有了更多的信心。我想如果叶子梦境中的人就是我，那么即使叶子没有与我见面是为了寻找那个男孩，一切还是同样的结果。她还是会来找到我的。

我还是经常回味着在人民广场地铁站隧道里的那个场景，我现在真的敢确信那个人就是叶子，因为我无法忘记那个声音，这个很独特的声音，虽然在此之前我只听到一次。

可是叶子，你为什么不敢承认？你到底有怎样的苦衷，难道非要让它深埋自己的心底呢？我相信不会在乎你任何一个方面的。

你是害怕我会嫌弃你的失明，对吧？你错了，而且是大错，我怎么会嫌弃你这点呢？

叶子，我认为在你透明的眼睛里面有一片湖泊，那里沉浸着喜悦的伤感和忧郁的欢乐，它的水面上没有涟漪，也没有颜色。你能够看到这世界上的所有一切，而且每一种美丽的颜色在你眼中变得更加美丽，可是没有你，我再也无法看到这世界的色彩，我就如一个盲人。

叶子，其实是我的错，我错得无可救药，我在想着你曾经问我的每一个问题，那时候我就应该明白你的情况的，因而给你一些安慰的话，那样我们就不会到了今天的地步，就不会两个人一起承受痛苦了，只能在看不到你的地方想着你了。

叶子，你知道吗？很多事情都不是你想象的那样，在我心底还有很多事未曾对你说，但你已经不在我身边了。我真的很想你就在我的身边，因为我现在有一件肯定会让你兴奋的事情要告诉你。

小刀的日记（十五）

自从知道这些年里一直出现在叶子梦中的男孩就是小堂后，叶子表面上好像很坚强，可是她不像以前那么开心了。她每天陷在思念中，于是我劝她出去走走。

我带她去了人民广场，天公却不作美，下起了雨，但叶子好像很喜欢雨，站在那里不动，她告诉我小堂就喜欢在下着细雨的天，徜徉在城市里。

我听着雨滴打在吉他上，打在我的脸上的声音。

突然我听到了一个成熟男人叫叶子的声音，我的心一紧。

那个男人接着说，大概半个月前，他在这里听过我和叶子的演奏，那之后，他每天都在找我们，可是都没找到，于是每天在这里等，直到今天终于等到我们了。

我疑惑他为什么找我们。他没回答我，只是问了叶子一些问题。比如：问叶子是不是一直在筹钱医治眼睛；问叶子是不是为了看到一个心爱的男孩子等等，叶子只是点头。那个男人好像对叶子很了解，但我和叶子都不知道他是谁。

后来那个男人要我们以后能够来去他家为他们弹奏，他伤心地说他女儿由于意外，现在只能坐在轮椅上，在她的脸上没有任何表情，她就像一个植物人，但有一天，当他推着她第一次听到我们的演奏时，他女儿开始有了感觉，她还会流泪，然后她的脸上也会有了表情，虽然只是那么一点点，医生说这是一种好现象，所以这个男人想到了这个办法，想请我们帮忙。

我一下子同意了，但叶子觉得这样对于我来说很不公平，因为叶子认为这样会毁了我的将来的，还有将会失去酒吧的工作。

那个男人却让我们不必担心生活上的问题，他会帮我们解决。

虽然他这么说，叶子还是不同意，在我再三的坚持下，叶子还是答应了那个男人的要求。

小刀

2004年3月2日

迪苇和倩倩已经打得火热，可我的生活陷入了困惑。

我的脑子里都是叶子，但她在我的生命中这么轻易地消失了，于是我只能乞求能够再次见到那个失明的女孩，可小刀很长一段时间没有去酒吧了，我问了里面的员工才知道他已经辞职了。

在我发愁之际，意外地接到了叶子的外婆的电话。

“你好，请问找哪位？”我接起电话问。

“喂，是小堂吗？”

“对，请问你是哪位？”我一时没听出是外婆的声音。

“小堂，我是叶子的外婆。”

“外婆，怎么会是您？”我一阵诧异。

“前几天，我一直给你打电话，但都没人接，可把我急坏了。”

“白天我都去上班。”

“上班了啊，那是好事。对了，叶子怎么样？”

“……”我沉默了。

“小堂，怎么了？叶子怎么了？”外婆有些着急地问。

“外婆，您先不要激动，听我慢慢和你说，其实，我一直没有和叶子在一起，我也不知道她现在在哪里。”

“你说什么？”

“叶子在来上海的火车上给我打了电话，我按照她给的时间去火车站等，但她到的那天一直没有给我打过电话，我也不知道当中发生了什么。”

“你说的都是真的？”从外婆的语气中可以知道她很着急。

“是啊。外婆，其实，我后来好几次都碰到一个失明的女孩子，我觉得她就是叶子，但又觉得不可能，因为那个女孩是失明的，可叶子……”

“她从小就得了一种类似于‘视觉神经发炎’的怪病，医生说如果不发病她和正常人一样，但她随时有瞎的可能。”

“难道她真的就是叶子？”我像是明白了什么。

“很有可能，小堂，你没去找过叶子吗？”

“我每一天都在寻找，但从那以后我再也没有见到叶子了，但您不要着急，如果那个失明的女孩子真是叶子的话，她身边有我一个朋友照顾着，也许就是叶子梦境中的那个男孩吧，她是找到了幸福了，也许这一切都是注定的。”

“小堂，你知道吗？叶子梦境中的那个人就是你啊，我让陈大婶看过完整的拼图，那个人就是你啊，而且你来满洲里看叶子那天，你差点撞倒她，我记得很清楚。”

“您说的是真的？”我终于断定自己的猜测是真的。

“你们的这段爱情才是注定的啊。”

“外婆，我答应您，一定会找到叶子的，我会不惜牺牲一切的。”

“其实外婆也很对不起你和叶子，也许这些年来我只是无法从叶子她母亲的死中脱离出来，所以把叶子管得这么严格，特别是感情上。你知道吗？叶子心中是无比渴望和你在一起，但我一直反对，她求我让她去上海见你一面，见到之后马上掉头就走，甚至只要我同意你们继续联络，可我还是很固执地反对

了，所以她会趁我出去拿拼图的时候选择了离家出走。直到看完她离家出走的信，我想了很多，想着想着，我哭了，我也终于明白，叶子长大了。”外婆在那边说着，我却沉默了，沉默时泪水盈上了眼眶。

叶子，你知道吗？在外婆眼里一直觉得我们现在很快乐很幸福地在一起，可是事实呢？并不是这样的，我们还是只能承受着思念的痛苦，而且我们彼此就那么几厘米的距离然而还是错过了，你这又是为了什么？

叶子，外婆要我好好照顾你，你为什么就不给我这么次机会呢？一次就够！只要给我一次机会，我再也不会松开手了。你明白吗？当我那天告诉外婆你不在我身边时，她是怎样一种反应啊？

确实，我发誓一定要找到叶子。

十八、当结果是那么赤裸裸

“原来结果是这样，原来叶子梦中的人就是你，怪不得你们从开始到最后一直有着那么美好的共鸣。”

“但她还是选择了离开我，我真的想不懂。”

“你最后还是没找到叶子？”

“……”

小刀的日记（十六）

自从遇上了那个好心人，我和叶子就一直呆在他家里为他女儿演奏一首首优美的曲子。叶子也很高兴，因为我告诉她不久之后她就可以看到小堂了。

有空的时候我也会跑到那个眼科专家那儿，问角膜的情况，他告诉我，目前最重要的就是找到角膜。当我听到这个，困惑了，因为这是一个很难的问题。

可我又能为叶子做什么呢？我自问。

小刀

2004年4月6日

我一次次去找叶子，可是叶子真的消失了，消失在这么大的城市里，我一点点的希望都没有了。我一点都不能感觉到她的存在了。

以前，她离我这么远，她在遥远的满洲里，我却能清楚地感受到她的心跳，感受到那座城市的心跳，而今，她就在上海，我们仿佛近在咫尺，可是我无法感觉到她在哪个方位。

叶子的日记（二十三）

前几天小刀兴奋地跑过来对我说，他去过那个眼科专家那了，

那个专家说终于找到角膜了。当我听到这个消息时心中不知有多么甜蜜，我都想象到了以后日子的阳光灿烂了。

我知道为了这个结果小刀付出了很多，他这些天一直就在那个眼科专家那里，他比我还急，我对他说，当我睁开眼要第一个看到他。

后来几天，我一直不敢睡，我怕这只是一个梦，当梦醒来后一切都没有了，但事实就是事实，我没几天后之后就可以做手术了。

我真不敢再多去想象当我睁开双眼时看到这个美丽世界，看到我日思夜想的人时，心中是怎样的喜悦。

本以为当我看到这个美丽世界时我会很愉快，但我始终不能，我看到的只是伤悲。

由于医生说这个手术有点难度，所以我必须提前在医院做一些手术前的准备,。

那是做手术之前的第五天，小刀和我说了很多，我也从他的话中得到了很多勇气。

“叶子，不多久终于可以看见东西了，你终于可以看到小堂了，现在是怎样一种心情？”

“我现在多的只是害怕。”

“别傻了，怎么会有这种想法呢，不要怕，我们一直都陪伴在你身边。”

“你就一直这样握住我的手直到我醒来好吗？我想一睁开眼就看到你。”

“好的，我会一直陪在你的身边的。”

可直到我进手术室的那一刻，我再也没有见到小刀了。

我终于可以可以看到了，护士细心地帮我解开了纱布，但我想不到当我睁开双眼时却没有看到小刀，我看到的只是一张苍凉的白纸，上面只是几个用钢笔写着的字：

叶子：

我知道我应该走了，你不要在乎我为你所做的一切，只要你和小堂幸福，我也就幸福了，你不必知道我去了哪里，也许我本来就是一个流浪人，我相信我们如果有缘还是会见面的。

也许这就是我对你爱的最完美表现。

小刀

我不顾护士的阻拦，用自己都无法想象的速度跑出医院，打的回了家，可小刀不在了，只留下一叠日记。

小刀，你去哪里了，你这个大骗子，你答应我会一直握住我的手的，但你的承诺就像一阵风吹走了。

小刀，我真的很对不起你，如果我早知道我看到光明是用你的黑暗换来的，我再怎么也不会答应的。你为什么就这么傻呢，我不需要你的这种付出，我宁愿不和小堂见面，我宁愿自己承受痛苦，我宁愿永远在黑暗中过着，但我不能接受你给我捐出了角膜。

你告诉我，你现在在哪里啊？

叶子
2004年3月15日

我一直在寻找着叶子，但我再也没有见到她了，一个月过去了，我还是不能有一点关于叶子的消息，我在很多有可能出现叶子的地方等待、寻找，但一切只是徒劳。

直到昨天，我收到了叶子给我寄来的一个包裹，那里面是她的日记和还有小刀的日记，当中还夹有一封信。

小堂：

我想不到会在这样的日子里给你写下这封信，这也许是我给你写的最后一封信了，我真的不想在这样分离的时候给你写信，我本来可以一声不吭地离开的，但怎样也无法说服自己，我明白那是对你的爱，就是这份爱让我握紧了笔。

我也不知道怎么了，也许当你看到我给你的这些日记后，你就会知道答案了。

小堂，每一天我都要坐地铁，可那种速度感让我不能不去想你。

熙熙攘攘的人群中，我知道你有可能就在其中，但我们只能用心与心交流，你在哪里?

我的爱人啊，你在人群中是如此与众不同，出类拔萃，就像树林中那棵高大的树啊，你是伟岸的。我在你茂盛的树荫下，欢欢喜喜，感觉凉爽。

一只无助的小鸟在天空中飞翔，那么孤单，而且今天天气不怎么样，她拍打着无力的翅膀，却怎么也飞不出那个网，那是用思念编织的大网。

小堂，我不怕累。我想我会努力飞到你的窗口，倾听你的心声。

小堂，想你的时候，你便成了我的天空。

小堂，朦胧中看过你几次，我的心再也不可能容纳另一个人了，我深信那个人就是你，然而，我多少次坐在那趟公交车上，我等待你再一次给我那种惊心动魄的感觉，可是没有了，你是不是依然那么安详地坐在那边静静地注视着我啊?

我要寻找小刀，那个为我捐出角膜的男孩，我知道就是我到了你的身边，我也无法快乐的，但我对你的爱永远无法改变的，我永远忘不了那个你跪在这里大声呼喊我名字的神圣时刻。

我将会于明天坐上去厦门的火车，因为他曾经告诉我他要去厦门的。

叶子
2004年4月12日

我迫不及待地读完了叶子以及小刀的日记，然后就跑去火车站了，我知道我不应该让叶子离开，我不能再一次失去她了，然而一切都太晚了，我始终没有见到叶子。

又是和好几个月前一样，就是叶子来上海的那个晚上一样，寂寞传遍了我的全身。

我在检票口望着一个个人，我努力不让每一个人从我的视线内逃走，但我就是没有看到叶子。

夜深了，我还是习惯地走进了那个曾经和苏湉留下快乐的，

也等过叶子的咖啡馆。

“故事就这样结束了，于是就有了三个月后，也就是今天的我，坐在这里。”我长叹了一口气。

“于是你选择了离开，是吗？”艾静问我。

“幸亏你提醒了我，我觉得我应该走了，我必须走，必须选择一个更好的解脱方式，很多次，我想过死，觉得那样才是解决事情的最好方法。我觉得只有那样才开始还我欠下的债。”我看了一下表，“只有一个小时不到了，我想我应该离开这个再也没有任何值得留恋的城市了。它不属于我！”

“你觉得这个决定能够说服人或者说是你不会后悔吗？”

“我想已经顾不上这么多了，我像除了离开没有什么可以做了，结果已经这么赤裸裸地摆在我面前了，我还能怎么选择呢？”

“你为什么不再去找叶子？”

“我找过，这几个月来我一直在找，但她消失了，就这样从我的生活中消失了。也许我们真的没有缘分。”

“我觉得你肯定会后悔今天的选择的。”

“为什么？”

“如果我告诉你叶子就一直在你的周围，还有苏湉也一样生活在你的周围，你会相信吗？”

“你不要开这种天大的玩笑了。你这是给我留下的安慰吗，也许我受的罪还是不够多，所以我应该再去受一些苦才可以减轻我的罪刑。”我说着就站起了身。

“也许你应该再听我讲几句话。”

“我想我真的该走了。”我说着就想走。

“你还记得那个帮叶子医治眼睛的热心人吗？”

“记得！”

“你知道她是谁吗？”

“谁？”

“苏湉的父亲！其实叶子一直就在你的身边，而苏湉也还生活在这个世界，其实她不是自杀的，而是不小心滑下去的，后来被人发现，她父亲带她去美国医治，还是保住了性命，但她现在

只能坐到轮椅上，她现在像是一个植物人。”

“叶子，苏湉……”就在老板娘说着的时候我看到窗外，街对面，走在雨中的那个女孩，她推着一辆轮椅。

她真的是叶子吗？那个轮椅上的人就是苏湉吗？

可是我一下子傻在了原地。我不知道该怎么办。

这只是假设吗？是事实吗？

一连串的疑问在我的脑海中纠缠不休。

最后，我还是毫无顾忌地跑了出去，我看到了街对面在雨帘中的女孩，我拼了命地跑着。

我穿过了车流，我隐约听到老板娘在大叫“小心有车”，但还没等我反应过来，一辆卡车向我急速驶开，突然我感觉自己全身好重又好轻，我飘在空中，开始幻想到了一个个美丽的画面。

最终，我还是着地了。我感觉全身有一种很可怕的液体在翻涌着，然后流出嘴巴。我看到了一个女孩推着轮椅的背影渐渐远去。我的眼睛也像铁门一样渐渐关闭了。

尾声

叶子，苏湉，原来我要到达的终点站是自己的心灵，自己的生命。

叶子，苏湉，每次都想呼喊你们的名字，告诉你们心中的苦。你们知道吗？

叶子，苏湉，我心爱的女孩，也许只有今天这样才能洗脱我的罪过。

昨天，我毫不畏惧地打开窗，让清风吹拂我的脸，那么温柔轻盈，就像你们的双手抚摸我的脸庞。

清风在那一刻变成了我心头惟一的慰藉，因为我想让清风将我的思绪捎给你。

现在我听到清风呼呼吹起我的头发，在耳畔发着声响。那应该是你们的回答，你们在召唤我。

亲爱的，我走了，我真的就这样走了；

答应我，好好活着，不要来找我，我在地狱，在若即若离的青春灯光下，守望你们，守望你们的爱情；

我在地狱，在年轻的梦里仰望你们，仰望你们哭泣的脸。

叶子，苏湉，我在远方为你们祝福，祈祷，你们都感受到了吗？

那边有很多美丽的花朵，还有蝴蝶，好可爱啊！这是梦吗？

亲爱的人儿，我现在非常想你们，就像曾经多少次想念你们一样。

我看到了，看到你们就站在我的身边，

我要睡去了，我的眼皮很重，希望梦醒时分，我摸到的不是冰冷的空气，而是你们的双手。

你们原谅我好吗？只要你们点一个头，只要你们落一滴泪，我就可以去美丽的天堂！